O Silêncio que a chuva traz

MARLON SOUZA

O Silêncio que a chuva traz

Todos os direitos desta edição reservados à
Malê Editora e Produtora Cultural Ltda.
Direção: Vagner Amaro & Francisco Jorge

O silêncio que a chuva traz
ISBN: 978-65-87746-41-8
Capa: Dandarra de Santana
Ilustração de capa: Roque Magalhães
Diagramação: Maristela Meneghetti
Edição: Vagner Amaro
Revisão: Léia Coelho; Maycon Aguiar

Texto revisado segundo o novo Acordo Ortográfico da Língua Portuguesa.
Proibida a reprodução, no todo, ou em parte, através de quaisquer meios.

Dados internacionais de catalogação na publicação (CIP)
Vagner Amaro – Bibliotecário - CRB-7/5224

S729s Souza, Marlon
         O silêncio que a chuva traz / Marlon Souza. – Rio de
     Janeiro: Malê, 2021.
         188 p.; 21 cm.
         ISBN 978-65-87746-41-8

         1.Romance brasileiro I. Título
                                          CDD – B869.3

Índice para catálogo sistemático: Romance: Literatura brasileira. B869.3

2021
Editora Malê
Rua do Acre, 83, sala 202, Centro, Rio de Janeiro, RJ
contato@editoramale.com.br
www.editoramale.com.br

SUMÁRIO

APRESENTAÇÃO 9

Parte 1
VAZIO 11

Parte 2
SOLIDÃO 37

Parte 3
LEMBRANÇAS 57

Parte 4
MARIA 77

Parte 5
ALGOZ 91

Parte 6
REMONTA 109

Parte 7
AFETO 125

Parte 8
LIBERDADE..157
EPÍLOGO 183

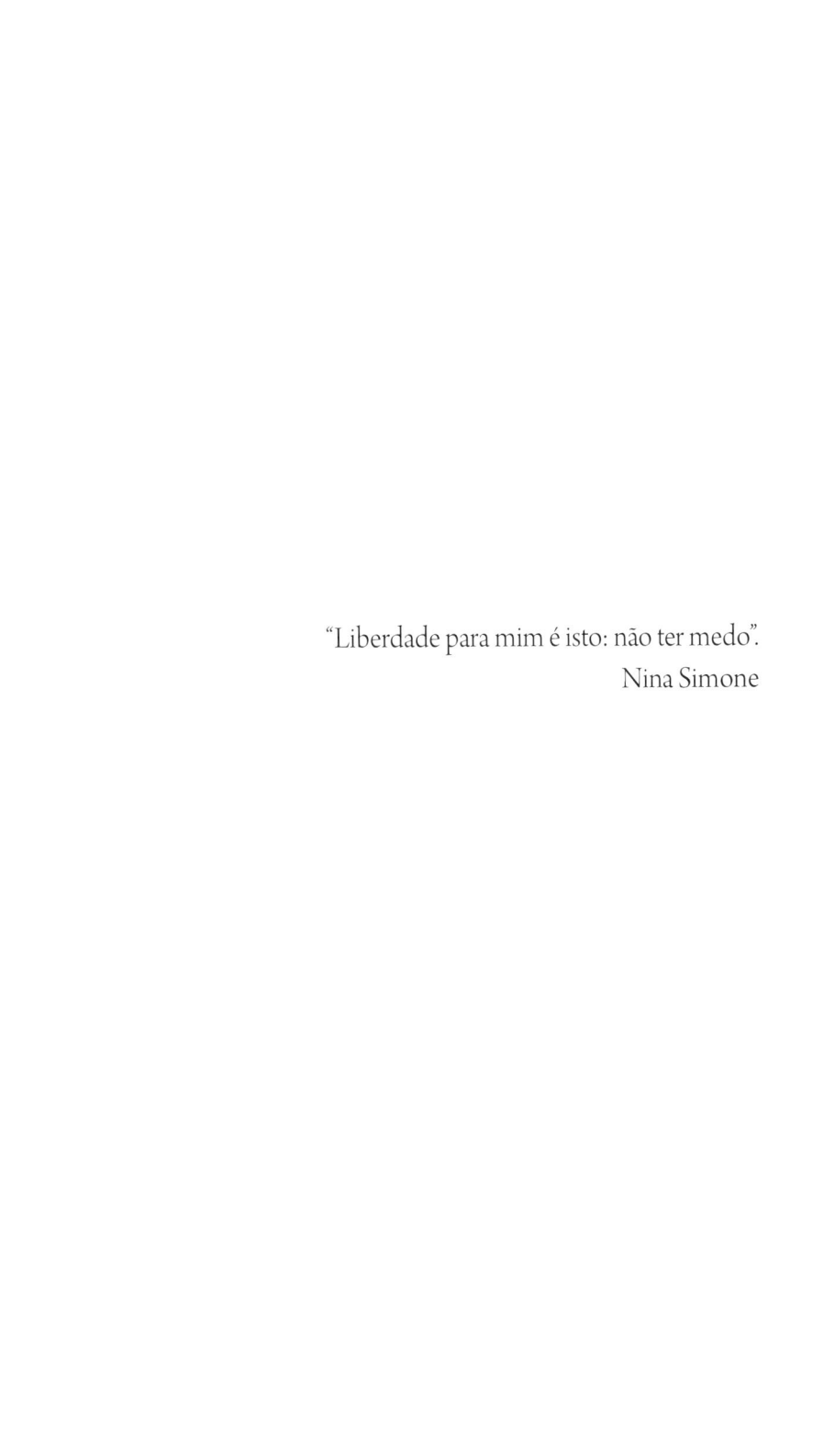

"Liberdade para mim é isto: não ter medo".
Nina Simone

APRESENTAÇÃO

A jornada de João em *"O silêncio que a chuva traz"*, escrita por Marlon Souza em primeira pessoa, com tinta preta e traços de delicadeza marcados em cada página, poderia ser a mesma de outros jovens negros e gays de origem periférica emaranhados nas estruturas que nascem, crescem e fazem de sua sobrevivência um ato de resistência. Em que pese diferenças de concepção e as nuances que lhes são particulares, estamos diante do nosso *Moonlight* literário.

Ao mesmo tempo em que nos presenteia com uma narrativa de percalços, abandonos e uma solidão capaz de devastar o protagonista, há neste romance um desejo de devir que se tece a partir do afeto, da aceitação e do amor próprio. Nome em ascensão na cena literária que respira novos ares em tempos irrespiráveis como estes em que estamos inseridos no Brasil, quiçás no mundo, o jovem autor por de meio de uma escrita que se apresenta corajosa, sem se distanciar dos elementos da Literatura, passeia por questões que nos são muito caras, sobretudo numa era de recrudescimento do racismo, do machismo, do sexismo e da homofobia.

Não é mera coincidência a escolha de um personagem que quebra a expectativas familiares, a saber, de seu próprio pai. Tampouco rasurar os rascunhos de sua própria existência como expressão da continuidade de um modelo de masculinidade embrutecida resultante da diáspora, logo, sem lugar neste novo mundo que se desenha.

A escritora Carolina Maria de Jesus inaugurou um estilo de escrever que lhe é própria ao trazer em *"Quarto de Despejo"* um retrato nu e cru da realidade social em que ela e uma coletividade preta e pobre estavam confinadas na favela do Canindé. Os reflexos daquelas narrativas que já nasceram históricas puderam, naquele momento e infelizmente nos dias que seguem dar conta do cotidiano de territórios brasileiros de exclusão os quais o geógrafo Milton Santos chamou de *zonas opacas*.

Deste modo, reservados os recortes de gênero e do tempo que nos separa, mas não nos descola da persona precursora de Carolina, não soa exagero afirmar que, *"O silêncio que a chuva traz"* tem a polifonia na sua gênese. Quer seja nas dores e nas angústias, quer seja nos pressupostos pecados impostos – daqueles que roubam nossas humanidades –, o protagonista João na delícia de ser quem é, quando se movimenta em qualquer direção, inclusive ao encontro de Akin, o seu grande amor, versa em nome de uma coletividade que se constroi à margem.

Falando em potência, substantivo simples e parente em primeiro grau do empoderamento e da diversidade, um sonho: que esta palavra encontre nos rincões do país, em cada esquina, em cada favela, becos e vielas o seu sentido mais humano, empático e inclusivo. Que faça as pazes com os invisíveis, ou melhor, com aqueles sujeitos que historicamente foram invisibilizados pelas estruturas de poder.

Potência é rio com afluentes que correm livres. Sendo assim, que suas águas profundas nos permitam mergulhar nas narrativas de pretos, mulheres, indígenas e da população LGBTQI. E nesta maré que se renova, bebamos na fonte de Marlon Souza.

Evandro Luiz da Conceição, jornalista, escritor e roteirista. Mestre em Comunicação e Cultura pela UFRJ, atualmente é pesquisador de conteúdo da TV GLOBO.

Parte 1
VAZIO

Como podemos viver, quando nossa simples existência incomoda, até mesmo, as pessoas mais próximas de nós? Nesses momentos, só o silêncio é capaz de expressar mais do que qualquer palavra. Mas isso não impede que o vazio que nos preenche seja grande, ao ponto de nos deixar inertes, limitando o que sentimos a nada além disso.

No começo, pode parecer fácil. Primeiro, simulamos não ouvir; fingimos não ver; evitamos, ao máximo, falar. Muito menos, desejamos sentir! Por algum tempo, tentamos nos iludir. Inventamos mentiras com o único objetivo de nos sentirmos melhor, de nos trazermos algum conforto, de nos considerarmos pertencentes a este mundo. Aceitamos uma vida cheia de inverdades, de palavras não ditas, para nos encaixarmos, seguindo o personagem que nos é imposto quando nascemos, buscando uma normalidade exigida de nós para podermos ser minimamente aceitos.

Em consequência disso, acabamos nos fechando, limitando a nossa vida apenas a uma questão de perpetuação, a um sofrimento eterno, dividido, coletivamente, pelos ditos párias da nossa sociedade. Procuramos, da melhor maneira, seguir nosso caminho, enquanto nossas esperanças se dissipam como fumaça. Deixamos de acreditar em tudo; inclusive, em nós mesmos.

Seria um erro eu existir?

Acordo sobressaltado mais uma vez. Minha respiração está entrecortada; meu coração, acelerado. Apesar do clima mais frio do fim de julho, sinto o suor descer pela minha testa e se misturar com as lágrimas, que caem sem nenhuma dificuldade. Minha camisa está encharcada, e eu a tiro, jogando-a no chão. O quarto está escuro, e o silêncio impera no ambiente, inclusive dentro de mim.

Arrisco-me a encontrar uma posição confortável na cama, para voltar a dormir. Porém, não consigo me encaixar direito entre cobertas e travesseiros. Sinto-me, mais uma vez, deslocado de tudo, desde pequenos atos, como recobrar o sono; até o vazio que sinto por dentro. Queria poder sentir mais, poder gritar todas as palavras presas na minha garganta, mas só consigo chorar.

Com meu peito bloqueando o ar; e com minha dificuldade de manter uma respiração calma, caminho, em silêncio, até a janela do meu quarto e a abro, a fim de trazer um pouco de ar fresco para dentro. Sou recebido por um golpe frio, que bate contra meu peito nu e úmido fazendo um arrepio tomar conta de todo o meu corpo.

Lá fora, um vento forte se mistura com a escuridão da madrugada, e me pego olhando para o nada, pensando em como poderia ser tudo diferente, se eu fosse uma pessoa diferente; se, no lugar de ter minha vida, fosse outro alguém existindo. Na verdade, poderia não ter existido e sido um aborto, como tantos outros. Tudo seria mais fácil se, simplesmente, eu deixasse de existir.

Sinto-me como se estivesse caindo em um eterno abismo, sem saber quando seria seu fim – ou seria o meu próprio fim? Não estou apenas tentando me encontrar, mas, também, desejo explicações para saber quem, de fato sou. Mas o breu à minha volta não me permite enxergar. É como se eu andasse com uma venda constante sobre meus olhos. Não vejo luz; nada me traz esperança, apenas a incerteza de *ser*.

Voltando para a cama, sinto um amargor na boca, fazendo-me desejar um copo de água. Abro a porta do quarto e encontro o corredor sem nenhuma luz acesa, mas não tenho dificuldade de andar no escuro, já que os móveis estão nos mesmos lugares desde o meu nascimento. Talvez, consiga, finalmente, tornar a dormir após beber um copo de água. Ainda faltam horas para amanhecer, e não posso passar outra noite em claro.

Ando pela casa, fazendo um mínimo de barulhos. Assim que abro a geladeira, sinto meu corpo tremer mais uma vez. Pego a garrafa d'água e caminho até a pia. Encho um copo e o bebo em poucos goles. Volto a enchê-lo, a fim de levá-lo comigo para o quarto, e me surpreendo ao ouvir um barulho no banheiro. Uma luz se acende no corredor. Deixo a garrafa sobre a pia, levando apenas o copo cheio comigo.

Quando me aproximo do banheiro, ouço alguns barulhos estranhos, um engasgar alto e profundo que corta o silêncio da noite. Penso em voltar para o meu quarto, mas a porta entreaberta permite vê-lo sentado no chão, em frente ao vaso. Outro engasgo, acompanhando pelo vômito e por alguns gemidos, tomam conta da casa, e, então, abro a porta, com a intenção de ajudá-lo.

Deixo o copo no chão, ao me abaixar próximo a ele, mas não chego a encostar em seu ombro ou a apoiar minha mão em sua cabeça. Não o *toco* de maneira alguma. Só depois de um terceiro engasgo, ele percebe minha presença ali. Encaro seus castanhos olhos frios por alguns segundos, buscando qualquer palavra para dizer, porém não consigo formular frase alguma.

Ele tenta falar algo também, contudo é impedido pelo vômito, que vem mais uma vez, incontrolável. E, só quando estou próximo o suficiente, assusto-me de verdade, voltando a me afastar dele. Aquela não é uma golfada de ressaca causada pela bebida. Não é uma reação do corpo por alguma comida que não lhe fez bem; é *outra coisa*.

Ele vomita sangue, praticamente sangue puro. Seus lábios e sua blusa, outrora branca, estavam vermelhos por causa do sangue que excretava do seu corpo. Nunca presenciei meu pai naquele estado. Parecia fraco e abatido; até mesmo, menor. Doente. Um cheiro podre sobe até minhas narinas, e sinto um forte enjoo. Aquela cena se misturou em minha cabeça, e sinto vontade de vomitar também, mas engulo em seco essa vontade súbita e me abaixo mais uma vez.

Após o choque inicial, decido me aproximar ainda mais e segurar seu braço, *tocando-o*, para ajudá-lo a se levantar, mas ele usa o resto das suas forças para se desvencilhar de mim, obviamente falhando em sua tentativa. E, ao perceber que não seria capaz de se levantar, ele se dá por vencido, aceitando minha ajuda.

Sem olhar em seus olhos, limpo-o com toda a calma, tiro sua camisa ensanguentada e o ajudo a voltar para a cama. Ele se vira e dorme quase imediatamente – ou finge dormir. Antes de fechar a porta do quarto, sua voz rouca e raivosa, mesmo fraca, carregada do ódio nutrido por mim, corta o silêncio:

— Veado!

Caminho de volta para o meu quarto, esquecendo, até mesmo, do copo com água que antes trazia comigo. Deito-me outra vez, com mais coisas na minha cabeça do que quando acordei, e aquela única palavra volta a reverberar em minha mente, sobrepondo-se a qualquer outra.

Desde pequenos construímos uma imagem em torno da figura dos nossos pais que beira a adoração. Transformamo-los em heróis, protetores e provedores. Os únicos que são capazes de nos inspirar uma confiança inquestionável. Transformamo-los nos homens mais fortes, mais inteligentes, mais bonitos. Seu sorriso nos faz sorrir também. Acompanhamos suas gargalhadas, e até mesmo as brincadeiras sem graça se tornam divertidas, apesar de não assumirmos isso.

A admiração que sentimos, o amor, tudo à sua volta se torna perfeito. Quando somos crianças, esforçamo-nos ao máximo para deixá-los felizes. Vivemos em um mundo mágico, quase um conto de fadas criado em nossa própria cabeça, que os transforma em reis, em super-heróis que derrotarão todos os monstros debaixo da nossa cama, acabando com todos os pesadelos. Quando nos perguntam o que queremos ser quando crescermos, uma das primeiras respostas tiradas de nós é "*como o papai*".

Mas em que momento percebemos que não é bem assim? A ruptura acontece por algum motivo; às vezes, isso é claro; outras vezes, é inexplicável, tornando-se uma incógnita pelo resto das nossas vidas. Houve uma decepção? Quem deu o primeiro passo para nos afastarmos? Pode acontecer de forma abrupta e, também, gradativamente, sem nem mesmo percebemos. Quando vemos, cada um seguiu sua vida, mesmo dividindo a mesma casa.

Para alguns, pode parecer uma surpresa, mas, para mim, não.

À medida que eu descobria mais de mim, questionava quem de fato sou e o que significava tudo o que estava sentindo, eu percebia que ele se afastava, deixando de ser um super-herói e tornando-se uma visão, um antagonista. Quanto mais precisava dele, mais percebia que não podia contar com sua ajuda.

— Bom dia — digo ao meu pai quando o encontro no corredor. Ele acaba de sair do banheiro com uma toalha enrolada na cintura e com o corpo molhado do banho recém-tomado. Não me responde, finge não me ver, não me ouvir. Ignora minha existência como acontece na maioria das vezes, menos quando é para me xingar, é claro. Nas vezes em que decide destilar seu ódio por mim, ele percebe minha presença dentro de casa; deixo de ser um fantasma para ele.

Pego minhas roupas e uma toalha e entro no banheiro. Ao me despir, observo meu reflexo no espelho sobre a pia. Meu cabelo está precisando de um corte novo; meus olhos estão vermelhos; e as bolsas embaixo deles cresceram um pouco mais por causa das inúmeras noites mal dormidas. Nem mesmo minha pele negra é capaz de disfarçar o semblante amargurado, os olhos caídos, a pele estranha, as marcas de espinhas, a barba rala que precisa ser feita antes de sair para o trabalho.

Tomo um banho rápido e faço a barba; visto uma camisa lisa azul, calça jeans; e calço meu All Star vermelho. Sem cruzar com o meu pai outra vez, tomo um café da manhã rápido, guardo um pacote de biscoitos na mochila e pego o livro que comecei a ler há duas noites. Saio de casa e caminho algumas quadras, em direção ao ponto de ônibus, para enfrentar as próximas duas horas no trânsito, até chegar ao meu trabalho.

Quando chego ao shopping em que trabalho, estou, mais

uma vez, atrasado por causa do congestionamento acima do normal na Linha Amarela, devido a dois acidentes pelo caminho. Vou até o depósito, que também é usado como uma sala para os funcionários guardarem seus pertences e almoçarem. Quando entro na sala, meu gerente está sentado com seu notebook aberto sobre a mesa em que almoçamos.

— Atrasado novamente, João? Vai precisar fechar a loja para compensar.

Aceito em silêncio e pego meu avental para atender o primeiro cliente.

Depois de vender três ou quatro livros de autoajuda, um ou outro *best-seller* e um novo livro de outro *youtuber* que conseguiu um milhão de seguidores, tiro um intervalo para checar, em meu celular, o resultado do vestibular. Porém, como não consigo carregar o *site*, volto a trabalhar. Apenas no meio do dia, descubro que sou o mais novo estudante de jornalismo de uma faculdade particular no Centro da cidade.

Recebo a notícia com expectativa, mas minhas emoções são ambíguas. Será que era isso mesmo que eu queria? Será que não deveria ser Médico? Dentista? Advogado? Qualquer outra coisa que não um escritor em um país em que ninguém lê? Um jornalista em uma sociedade que prefere acreditar em mentiras?

O rumo que escolhi para minha vida ainda está fora de foco; ainda há uma nuvem de dúvidas que pairam sobre minha cabeça, fazendo-me questionar cada pequeno detalhe da minha vida, limitando minhas escolhas às que me deixam seguro. O problema é saber onde posso sentir segurança neste mundo tão cruel.

Ao voltar do almoço, encontro um rapaz no estande de diversidade que meu gerente montou no mês passado, por causa do mês de orgulho LGBT+; ele folheia um recente lançamento que virou filme há algumas semanas.

Parece estar concentrado por trás dos óculos de armação moderna. É alto, tem os cabelos um pouco louros e é bem branco, daqueles que parecem não pegar sol. Visto meu avental e caminho até ele, tentando não demonstrar o interesse que senti assim que o vi. Quando o vejo mais de perto, percebo o quanto é bonito: lábios finos, nariz arrebitado, uma beleza clássica. Facilmente, poderia ser confundido com um gringo.

Faço mais uma venda e acompanho, com o olhar, o menino sair da loja, imaginando se eu teria alguma chance com ele. Se olhasse para mim não apenas como um atendente de livraria que sonha em ser escritor... Se não olhasse para mim como um garoto negro e pobre que mora no fim do mundo... Se me visse com outros olhos...

A vantagem de sair após às nove do trabalho é a de que a viagem é mais rápida. Os passageiros já estão cansados o suficiente para qualquer interação. O ônibus está mais vazio. Os ambulantes já não têm mais força para elevar suas vozes altas e vender seus produtos.

Chego em casa cerca de meia hora mais rápido e até penso em pedir ao meu chefe para trocar de horário, mas sei que, a partir do próximo mês, terei de sair ainda mais cedo, se quiser estar na faculdade no horário certo.

Abro a porta em silêncio. Meu pai já deve estar dormindo, ainda mais com todas as luzes da sala apagadas, mas, antes mesmo de trancar a porta, surpreendo-me com o pandemônio que a sala se tornou.

Meus tios e minhas tias estão espalhados, segurando bexigas; alguns primos também. Alguns amigos da época em que eu ainda ia, frequentemente, à igreja do bairro fazem uma festa para mim, mas não é meu aniversário. É por causa da aprovação no vestibular!

Deveria simular um sorriso; deveria comemorar com eles, mas tudo o que eu sinto é o nada. Abraço-os um a um e recebo dois tapinhas nas costas do meu pai, talvez o máximo de carinho que ele possa demonstrar por mim; pelo menos, em muito tempo.

Na parede da sala, há uma faixa: "Parabéns, João!". Bolo, cachorro-quente e refrigerante estão sobre a mesa. Caminho até lá e dou um abraço na minha tia Mariza, que deixa uma lágrima escapar.

— Sua mãe estaria tão orgulhosa, meu filho! — diz,

abraçando-me com aperto. Ela foi a responsável por cuidar de mim depois que minha mãe morreu, quando eu tinha quinze anos. Tão pouco tempo se passou, mas parece ter sido há décadas. Mas não me permito chorar. Não posso demonstrar meus sentimentos na frente dessas pessoas, na frente do meu pai.

Cortamos o bolo e servimos o cachorro-quente. Até falo algumas palavras de agradecimento, busco ser o mais sincero que consigo, enquanto todos ficam com sua atenção voltada para mim. Minhas tias também falam; uma ou outra deixa escapar uma lágrima de felicidade. Todas confirmam que sabiam que eu iria longe, e entrar em uma faculdade, quando ninguém da minha família nunca conseguiu ir além do Ensino Médio, é um motivo de muita comemoração e de orgulho.

Mas não me sinto tão orgulhoso assim. Não me sinto um referencial dentro de casa, um motivo de comemoração. Não importa o quanto a casa esteja cheia; não importa como todos estão felizes e trazem um sorriso sincero estampado em seus rostos. O vazio pesa em meu coração. Ele grita mais alto.

Isso ninguém consegue ver. O grito preso na garganta só será liberado quando não houver ninguém por perto para ouvir. O que está entalado aqui continuará enclausurado. Não poderá ser nem ouvido nem entendido por ninguém.

Antes de todos irem embora, minhas tias decidem fazer uma oração para abençoar minha nova trajetória. Primeiramente, sinto o ímpeto de sair daquele ambiente e de me trancar no banheiro. Penso em xingá-los e em expulsá-los da minha casa.

Rememoro momentos em que sofri dentro de um templo cheio de orações. Como aquelas palavras causavam a mim um sentimento ruim, uma constante dor dentro do peito! Mas não faço nada. Apenas fecho os olhos, deixando minha mente viajar para outros mundos, até que o "amém" é dito por todos. Finalmente, fico sozinho, como já me sentia por dentro.

  É incrível como, mesmo com o passar dos anos, esse incômodo provocado pela religião não me deixa em paz. É possível que algo tenha me marcado pelo resto da minha vida? Quando não morar mais aqui, ainda me lembrarei das pessoas, de todo o preconceito que sofri dentro daquelas paredes, das inúmeras orações, dos constrangimentos? Ainda que eu me esqueça de tudo, algo ficará aqui dentro, algo que me marcou, e, talvez, eu não seja capaz de curar essa cicatriz.

Sobre a mesa da cozinha, está o resto do bolo da noite anterior. Retiro um pedaço e o como sem pressa, acompanhando-o com o resto do suco que havia na geladeira há uns dias. Pego meu caderno de anotações e escrevo algumas frases desconexas. O que vem à cabeça primeiro.

Transfiro para o papel os sentimentos que surgem naquela manhã fria, palavra por palavra do que surgiu durante a noite anterior e me tirou o sono mais uma vez. Sentimentos indescritíveis que me forço a transformar em algo, no mínimo, compreensível.

Será que alguém dorme bem quando tem essa sensação? Será que consegue fechar os olhos e ter uma tranquila noite de sono, sonhos bonitos, sonhos que o fazem ter uma visão linda da realidade? Como será se sentir assim? Como será viver bem consigo mesmo e com tudo à sua volta?

Não acredito que sou o único com problemas. é claro que não. Eu seria tão inocente se acreditasse nisso, tão tolo... Mas será que tais problemas podem ser evitados?

A pergunta que ronda minha mente é a seguinte: quanta dor posso aguentar? Até quando posso ignorar todo o sentimento ruim que sai de dentro de mim? Sou o culpado de ser quem sou, certo? Os desejos vêm de dentro, vêm de mim, são minhas vontades. Todas as dúvidas saem da minha cabeça; tudo o que sofro é consequência direta de quem sou.

Tenho uma vida. Ao mesmo tempo em que tenho certeza

de que tenho uma vida, também gostaria de saber como é me sentir livre. Livre de tudo. Dos sentimentos que me atormentam, do medo constante que sinto, da sensação de aprisionamento. Da culpa. Caminho em uma corda bamba, tento me equilibrar, sabendo que, se um dia cair, chegará o meu fim.

 A porta da geladeira bate com força, fazendo com que eu volte para o mundo real, livrando-me da divagação em que me encontrava em meio às palavras soltas. Meu pai está com um copo à mão e olha em minha direção. Em seu semblante, não reconheço mais o homem que me criou; apenas encaro o homem que tem ódio pela minha simples existência.

 Penso que falará algo, mas apenas se senta à mesa, pegando um pedaço do bolo e colocando a maior porção que consegue na boca. Mastiga-a de boca aberta agora, sem olhar para mim. Mais uma vez, é como se eu não estivesse ali, como se eu não existisse.

 Tem dias em que sinto que assim é mais fácil, que essa indiferença é melhor do que o ódio que reserva para mim nos seus piores e mais sombrios dias.

 Levanto-me e lavo o copo que usei, indo de volta para meu quarto. Dobro as cobertas, cato algumas roupas sujas que estavam espalhadas pelo chão e pego minha mochila para ir ao trabalho. Deixo a casa sem dizer nada e caminho até o ponto de ônibus, a algumas quadras dali.

A manhã passa rapidamente na livraria. Com o fim do mês de julho e com o início de mais um semestre letivo, a movimentação retorna, e o trabalho é bem maior. Ainda assim, consigo ser liberado uma hora mais cedo pelo meu chefe, para fazer minha matrícula.

É mais de uma hora de transporte público até chegar ao Centro da cidade, e reflito se é uma boa ideia conciliar trabalho e estudos. No entanto, concluo que, mesmo meu pai tendo condições de me sustentar e de me ajudar na faculdade, isso não acontecerá.

Chego à secretaria faltando meia hora para fechar, e a fila para matrículas está maior do que imaginava que estaria. Não tenho escolha a não ser esperar, com paciência, minha vez de ser chamado. Assim que chega, sou atendido por um homem de meia-idade com um sorriso simpático e de olhos alegres.

Depois de vinte minutos, estou matriculado, e ele me explica quando será liberada minha grade e outros poucos detalhes importantes para minha vida acadêmica. Logo que saio da secretaria, trombo com outro cara e quase caio para trás.

— Cuidado aí, neguinho — diz.

— O quê?

Meu coração acelera com o xingamento e o encaro sem piscar. É do meu tamanho e, quando percebe que eu fechei a cara, dá um passo para trás e se desvia do meu caminho. Não estava esperando ser xingado do nada, foi apenas um esbarrão.

Vou em direção à saída, mas ouço sua voz altiva chegar até mim.

— Mais um preto nessa faculdade.

Volto para trás, a fim de encará-lo novamente. Com o sangue fervendo e com a cabeça disparando várias coisas ao mesmo tempo, aproximo-me com o único objetivo de lhe dar um soco, mas sinto uma mão em meu ombro.

— Bem-vindo à faculdade, parceiro.

Sua voz grave é a primeira coisa que ouço chegar a mim. Quando me viro, pronto para liberar um soco em quem quer que tenha encostado em mim, vejo um cara mais alto do que eu por poucos centímetros.

Seus olhos castanhos, mais claros que os meus, passam-me certa firmeza. Seu sorriso me dá boas-vindas não somente à faculdade, como, também, à sua vida. É como se eu entrasse para o seu *"grupinho"*. Seus *dreads* são longos. Apesar de eu não ver o seu total comprimento, acredito que vão até o meio das costas. Seu toque, agora percebo, é "terno", apesar de ser firme. Ele se aproxima mais de mim.

— Não vale a pena brigar com esses babacas, acredite em mim. — Ele desvia o olhar para aqueles caras mais à frente e, depois, volta sua atenção a mim.

Ergue a mão para um cumprimento. Sequer percebo quando tira a mão do meu ombro. Meus olhos estavam fixos em seu rosto.

— Seja bem-vindo! Me chamo Akin.

Demoro alguns bons segundos para responder tanto ao aperto de mão quanto ao seu cumprimento e à sua apresentação. Fito seu rosto, como se estivesse vendo uma das mais lindas obras de arte. Porém, seus olhos, que piscam para mim, encarando-me com certa expectativa, trazem-me de volta à realidade, e ergo a mão para cumprimentá-lo.

— Ah, sim. Obrigado! Eu me chamo João.

Quando se é novo, sempre se ouve que temos todo o tempo do mundo, mas será que essa retórica é verdadeira? Quando penso no tempo, lembro-me da minha mãe, que me deixou aqui sozinho, ainda muito nova. Lembro-me de como me sentia bem em seus braços, de como me sentia completo. Mas, quando menos esperava, ela se foi.

Sinto falta do seu abraço forte, do seu perfume, da sua certeza de que tudo ficaria bem, de que eu ficaria bem. Lembro-me da sua voz doce, de como me aconselhava e me acalmava. Sempre focava como eu era jovem, como, um dia, entenderia tudo melhor. Chegaria um dia em que me tornaria mais forte!

Então, minha mãe me deixou. Sem ela, fiquei sozinho, triste, devastado. Da sua partida, restou apenas o vazio que me acompanha constantemente. O medo, a dor... E a falsa ilusão de que tudo ficaria bem se derreteu como as velas que acendemos quando falta energia elétrica em casa. Aquela mísera chama não faz diferença alguma, e ficamos envoltos pela mais completa escuridão.

Se pudesse realizar um desejo, — se eu pudesse pedir algo a Deus, a um mago, a um gênio da lâmpada, a qualquer ser sobrenatural —, com certeza seria que ela estivesse comigo mais uma vez. Seria recebido com seu abraço; fingiria acreditar, quando ela me falasse, que tudo ficaria bem, mesmo que, hoje, eu saiba que isso não é verdadeiro. Aceitaria essa mentira com o peito aberto. Nada nunca ficará bem. Apesar disso, gostaria de viver essa ilusão ao seu lado. Gostaria de provar, mais uma vez, o doce sabor da mentira que saía dos seus lábios, com o único intuito de me trazer conforto. Gostaria de pedir, novamente, que deixasse as luzes acesas quando eu sentisse medo do escuro, como fazia quando eu era criança. Quero seu toque carinhoso me confortando. Quero sentir todo o seu amor reservado para mim.

    Tenho saudades dos dias felizes ao lado dela, que era meu lugar preferido. Agora, só vivo uma vida de ilusões, forçando meus pensamentos a acreditar que isso mudará um dia, dizendo isso quase como um mantra. Espero por certa manhã em que o dia amanhecerá claro, sem nuvens, e minhas esperanças se renovarão. Nesse dia, toda a dor se transformará em gozo e em alegria.

    Mas o tempo falhou com ela; o tempo falhou comigo. Tudo o que me sobrou foi o vento da noite, o desespero, a espera ansiosa para que minha vida acabasse de vez, para que eu fosse para junto de minha mãe.

    Quando chego em casa após a longa viagem de metrô e de ônibus, indo do Centro do Rio até a Baixada Fluminense, não encontro meu pai. Não vejo nenhum sinal dele e concluo que deve estar em algum bar, pegando alguma mulher por aí, como de costume.

    Abro a porta do seu quarto em silêncio e constato que estou, de fato, sozinho. Quando minha mãe ainda era viva, eu vivia mais aqui do que no meu próprio quarto. Gostava de ficar entre suas coisas; de brincar no seu quarto, que é maior; de dormir em sua cama. Até mesmo depois das primeiras surras, continuei fazendo isso, porque, ao seu lado, sentia-me protegido.

    Após sua morte, evitei, por meses, entrar ali. Ignorava aquele quarto. Poucas foram as chances que tive de entrar ali sem ter meu pai por perto. Porém, sempre que, em minha memória surgia a imagem da minha mãe, eu sentia saudades dali.

Meu pai deixou o quarto do mesmo jeito durante todos esses anos. Se o fez ou por saudade ou por preguiça, talvez nem mesmo ele possa responder. Mas, ali dentro, sinto-me como se o tempo não tivesse passado, como se ela ainda pudesse entrar e me encher de dengo.

Sento-me no que era o seu lado da cama e abro a gaveta da mesinha-de-cabeceira, onde guardava seus perfumes e seus produtos de beleza. Sinto cada aroma e toco em cada objeto. Nos brincos, nas xuxinhas. Fecho os olhos e deixo minha mente vagar pelas boas lembranças intactas em minha mente – a única parte viva dela que sobrou para mim, dentro de mim.

Perco-me, por completo, no tempo, no espaço; perco-me em quem sou nessas lembranças e em quem sou hoje. Perco-me em como me sinto, na saudade que sinto, no vazio, no luto. Deixo uma ou outra lágrima cair. Fito suas fotos que ficam eternamente penduradas na parede, com sua imagem trazendo consigo seu sorriso típico. Recordo-me até do som da sua risada. Como sinto saudades disso também! Tento me lembrar da última vez em que sorri. *Faz tanto tempo assim?*

— O que tá fazendo aqui? — A voz do meu pai me tira de meu devaneio. Eu me distraí de uma maneira tão intensa, que sequer percebi sua presença ali.

Quando me viro, tentando formular uma desculpa, vejo uma garrafa de cerveja meio vazia na sua mão. Meu coração se acelera e me levanto imediatamente.

— Nada não, só estava vendo as coisas da minha mãe.

— Quantas vezes já disse que não quero você mexendo

nessas coisas? Estava pegando o que dessa vez? Um batom para passar na boca ou um esmalte para pintar a unha?

— Você está enganado. — Tento manter a calma, mas sinto meu corpo começar a tremer involuntariamente.

Ele vem na minha direção em três passos cambaleantes.

— Estou enganado? Você é uma vergonha pra mim e acha que eu tô enganado? Você só traz desgosto pra essa família, tanto que minha esposa morreu de desgosto, e sou eu que tô enganado?

— Vai se foder! — Não consigo ignorar o fato de ele usar isso contra mim. Ele sabe como me atingir de modo certeiro. As lágrimas começam a sair sem eu conseguir me conter e desmorono à sua frente.

Ele sorri em resposta ao meu xingamento. Não é preciso dar um passo para sentir o cheiro da bebida.

— Moleque, acha que sou seus negos para tu mandar eu pro caralho?

Ele larga a garrafa de cerveja no chão e parte para cima de mim com o intuito de me desferir vários socos. Tento segurá-lo, mas ele consegue acertar meu rosto, abrindo um fino corte no meu lábio inferior. Sinto o gosto de sangue invadir minha boca.

Seguro-o com mais força, para agredi-lo, mas ele continua tentando me golpear com ódio. O ódio que sente por mim é liberado pelos seus punhos. Então, ele cai, fraco; começa a se engasgar; e, novamente, vomita, sangue e resquícios do que comeu misturados com o cheiro azedo da bebida.

— Eu odeio você. — Ele deixa escapar antes de ficar inconsciente.

Quem quer saber da dor do outro? Quem, realmente, consegue se colocar em outro corpo e perceber suas vivências? Quem consegue entender, de verdade, a realidade da pessoa ao lado; cada choro derramado; o vazio sentido por dentro, inexplicável; cada uma das suas feridas, por menores que sejam? Talvez, assim, entendêssemos por que tantas pessoas se entregam, por que tantas pessoas desistem da vida, por que muitos preferem o esquecimento à dor, que se torna impossível aguentar. O vazio, a solidão, a tristeza, o fracasso de tentar ter um boa vida, uma vida que, pelo menos, fizesse algum sentido.

    Toda batalha deveria ter um sentido. Sim, deveria, mas, quando se está, há tanto tempo, lutando contra essa tempestade chamada vida, nossos olhos se fecham, e o motivo pelo qual pelejamos fica meio turvo. Perdemos o foco, não enxergamos qualquer mísera chama de esperança, não conseguimos pedir socorro. Ao contrário, entregamo-nos. Esperamos um nocaute, um golpe final, conformados com a ideia de que, logo após sua sentença, a dor acabará, e nossos poucos sonhos voarão para longe. Continuar existindo; ignorar toda a angústia; correr no sentido oposto, tropeçar e cair; levantar-se uma vez mais, insistindo no que, evidentemente, não é o melhor para si são erros muitos comuns.

    Ajudo meu pai a se levantar, quando ele recobra a consciência. Coloco-o em sua cama com muito cuidado, o que me exige bastante, já que ele estava mais fraco do que das outras vezes em que o acudi. Vou à cozinha e pego um copo de água, pisando na cerveja derramada perto da porta, ao partir para cima de mim.

— Anda, bebe essa água.

Ele tenta afastar minha mão, mas parece que sua força o abandonou. Olhando, agora, com atenção, percebo que está mais magro, mais abatido. As maçãs do rosto parecem mais salientes; as bolsas embaixo dos olhos se sobressaem.

Quando se dá por vencido, bebe toda a água que eu trouxe e exige que eu saia do quarto. Saio por um momento, mas ignoro sua ordem e volto com balde, água e detergente para limpar o chão. Ao ir embora, tiro a garrafa de cerveja e fecho a porta, deixando-o sozinho.

Vou até o banheiro, jogo tudo no boxe e abro o chuveiro, com o intuito de lavar toda aquela sujeira. Quando tudo está limpo, tomo um banho, pois me sentia sujo. Demoro algum tempo debaixo da água quente, a fim de relaxar meu corpo, já que minha mente não para de pensar por um único minuto. Procuro algo para comer, mas o cansaço me abate. Então, decido me deitar.

Entrando no meu quarto, abro a janela e sinto o ar da noite. É tudo de que preciso por esta noite. Deito-me na beira da cama e observo a lua lá fora. Conto algumas estrelas, perguntando-me se minha mãe estaria vendo-nos ali, se o vazio que sinto por dentro se exterioriza, alcançando o lado de fora.

Deixo as lágrimas escaparem dos meus olhos e molharem meu travesseiro, como aconteceu nas tantas outras vezes em que chorei em silêncio, sob as cobertas, para que não me vissem; vezes em que preferia me calar a permitir que descobrissem minha dor.

Libero um grito preso à garganta; libero a angústia de saber que não me encaixo, que não sou nada, que os motivo de toda essa dor são o simples fato de eu existir e as coisas que faço escondido dos olhos de todos. Que outras razões seriam?

Não sou errado por gostar de outros caras, quando deveria apaixonar-me por mulheres? Não sou eu a amar corpos que não deveriam ser amados por mim, a gozar em silêncio, com medo de ser visto?

A dor reduz quem somos. É mais verdadeira do que o amor, a paixão e qualquer outro sentimento. Com a dor, aprendemos que não somos ninguém; que nada temos de especial e de fantástico; que existimos com o propósito de sofrer, pois todo o resto foi tirado de nós.

E apenas nos resta morrer.

Parte 2
SOLIDÃO

Seu rosto está próximo do meu e sinto sua respiração ao encontro da minha. Seus lábios, tocando, levemente, os meus, trazem-me um arrepio que perpassa por todo o meu corpo. Meu coração se acelera no mesmo instante em que provo o seu beijo, sentindo seu toque. Dentro de mim, um sentimento ambíguo se forma.

É tão errado…

É tão certo…

Nossos corpos se envolvem. Tomo a iniciativa e tiro sua camisa, deixando sua pele branca à mostra. Ele sorri para mim e volta a beijar meus lábios, meu pescoço. Apertamo-nos em uma cabine e evitamos fazer qualquer tipo de barulho. Não podíamos ser vistos. O *shopping* não é tão movimentado durante a semana, à tarde. Então, era nossa melhor chance.

Seu corpo nu se aproxima mais do meu, e a dor causada pela minha penetração parece ser substituída pelo prazer que nossos corpos desfrutam, adotando um mesmo movimento. Enquanto metia, fazia o máximo para não liberar nenhum gemido. Ele também se esforçava para não fazer barulho. Então, gozamos juntos.

Ele se limpa e se veste; diz palavras que não entendo; e me deixa ali, sozinho. Ainda penso se é certo, entendendo bem mais sobre mim do que há quinze minutos. Penso em como me sinto depois de qualquer transa como essa: primeiramente, há a excitação causada pela expectativa; depois, há a excitação provocada pelo prazer; por fim, chega o momento em que fico sozinho e em que volto a questionar cada uma das minhas decisões. Estou certo em fazer isso? E se alguém nos pegasse ali? É perigoso, impensável, totalmente sem noção. Apenas por alguns minutos de um prazer passageiro.

Quando ele me chamou e perguntou o que curtia, não imaginava que acabaria transando dentro de uma cabine do banheiro do *shopping*, faltando apenas vinte minutos para voltar ao trabalho e atender até tarde, por causa de mais um atraso. Segui-o a alguns passos de distância, e entramos na última cabine, antes que alguém nos visse. Agora estou aqui, novamente sozinho.

Tiro a camisinha e me visto rapidamente. Lavo as mãos, para retirar qualquer cheiro que possa ter impregnado meu corpo e as minhas roupas. Vejo minha imagem refletida no espelho, esperando encontrar algo diferente de antes, mas tudo continua igual e fora de foco, como me sinto desde sempre.

Corro para a livraria, no andar de cima, pois percebo que se passaram dois minutos desde o final do meu almoço. Preciso voltar para o meu posto antes que receba mais alguma bronca do meu supervisor.

Chegando lá, encontro o mesmo garoto olhando um livro, distraído. Era muito bonito. Seu cabelo era curto, tinha um corte moderno com uma franja que emoldurava seu rosto. Sua estatura era média. Era malhado, mas nem um pouco exagerado, e seus lábios, um pouco carnudos, chamaram minha atenção mais uma vez.

Pergunto-me como um cara como ele deu trela para alguém como eu. Um negro magrelo, curvo e com os cabelos mal cortados. Tudo em mim me incomodava. Todos os meus traços, o meu cabelo, o meu rosto. Não via beleza em mim, algo que pudesse chamar a atenção de um garoto como aquele. Mas acabamos de transar, não foi? Ele ficou interessado em mim, sentiu tesão enquanto eu o comia. Então, por que não devo me aproximar dele e tentar algo a mais?

Caminho até o balcão e visto meu avental. Chego até o rapaz, que perambula entre as estantes da livraria. Abro meu mais bonito sorriso quando chego mais perto. Falamos tão pouco quando entramos no banheiro... seria legal se nos conhecêssemos melhor, mesmo que seja apenas para uma nova transa.

Dois corpos se amaram, e foi muito bom. Agora, queria saber como ele era. Será que gostaria de mim? Será que poderíamos viver um relacionamento? Não tinha sido ele a se interessar por mim? A sorrir e a me puxar para uma cabine? A beijar minha boca minutos atrás?

— Olá, tudo bem? Meu nome é João e...

Ele não permite que eu fale mais nada e se vira de costas quando percebe que sou eu. Não me olha nem assustado nem animado. Simplesmente, olha-me como se não me conhecesse, como se eu fosse apenas mais um ser invisível. Insignificante.

Vai para mais longe e pega outro livro para ler. Aproximo-me e vejo que é um dos livros que mais tenho vendido. Volto a me aproximar para falar sobre o livro em questão.

— Esse livro tem saído bastante. Sabia que o autor disse...

— Qual é a tua, cara? — indaga, virando-se para mim e olhando em meus olhos mais uma vez, sem nenhum traço de desejo. Era apenas um olhar incrédulo, um olhar de alguém que está sendo incomodado, aquele tipo de olhar que reservamos para pessoas indesejáveis.

— Qual é a minha? Sei lá, só pensei em fazer o meu trabalho, talvez. E pensei que pudéssemos conversar um pouco.

Ele inspira fundo e volta sua atenção para o livro.

— Por acaso, eu pedi sua ajuda?

— Não, você não pediu.

— E eu disse que queria conversar? A gente só fodeu e acabou. Supera isso. Não fiz nenhum convite para tomar um café ou pegar um cinema. Acha mesmo que namoraria um cara como você?

Não respondo. Estou chocado e tentando assimilar tudo o que ele diz com a voz baixa e acelerada, enquanto finge ler a quarta capa do livro. Afasto-me e corro em direção ao banheiro, ignorando a bronca que, provavelmente, levarei do gerente quando voltar para a livraria.

Sem perceber, entro na mesma cabine em que transei com aquele cara cujo nome sequer sei. Abaixo a tampa da privada e me sento. Só quando estou trancado e sentindo aquele cheiro insuportável de banheiro público, permito-me chorar.

É claro que esses meus atos são errados. Como pude pensar, por um único segundo, em estar certo ao transar com desconhecidos dessa forma? Em não negar o convite de uma mensagem que pedia uma foto do meu membro ereto? Na vontade de saciar meus próprios desejos ao suprir o tesão de outros caras?

Em quantas partes um coração pode ser fragmentado? Quanta dor pode aceitar antes de chegar ao seu limite e, então, não sentir nada mais? É difícil quando percebemos não ser o alvo do desejo das pessoas; quando temos nossos corpos tomados, exclusivamente, como objetos para o prazer alheio; quando nossa existência é resumida e se torna descartável. Chegamos a ter nossos sentimentos apagados, como se fôssemos uma pedra e nada sentíssemos. Como podemos evitar essas migalhas, se são as únicas coisas que recebemos? Mesmo feridos, percebemo-nos desejando as sobras, deixando-nos de nos importar quando nos tratam como lixo.

Caminho em direção ao bar e passo por diversas pessoas na pista principal da boate. Às vezes, tudo o que desejo é beber até me esquecer do que me machuca, de todos esses sentimentos que gritam dentro de mim a cada momento. Ouvir a música alta. Dançar sem medo de ser livre. Beber sem me importar com a ressaca do dia seguinte. Apenas existir naquele espaço com tanta gente como eu.

Uma música da Beyoncé toca em volume alto, enquanto alguns garotos dançam uma coreografia ensaiada. Outros formam casais e se beijam. Poucos olham uma vez para mim. Nenhum me olha por uma segunda vez. Se olha, logo dirige sua atenção para o meio das minhas pernas, reduzindo-me, mais uma vez, a um membro rijo. Ignoro esses olhares. Tudo o que quero é beber. Então, sigo meu caminho até o bar. O cara que está servindo as cervejas pega minha latinha vazia e deposita outra na minha mão, sem prestar real atenção em mim. Várias mãos estão na direção dele, e, em um curto momento, penso em ajudá-lo a servir as cervejas.

Talvez, isso pudesse distrair minha cabeça mais do que a música alta é capaz. Abro a latinha e dou alguns goles longos. Não penso nas consequências que isso trará amanhã e me lembro de que tenho o domingo livre para curtir minha ressaca, sem ninguém me perturbar, trancado em meu quarto, esquecendo-me de tudo.

Fecho os olhos por um momento, deixando a música me conduzir, esquecendo-me de que estou cercado por centenas de pessoas. Volto a mim e, quando abro os olhos, sinto tudo à minha volta girar. Posso já ter bebido mais do que dou conta, mas continuo bebendo.

Um rapaz toca meu braço, perguntando se estou bem, e confirmo com a cabeça, sorrindo. É bem bonito e penso em beijá-lo, mas, quando me aproximo, pronto para invadir sua boca, ele me afasta com a mão.

— Só tô sendo legal. Não tô a fim de você. — Seus amigos riem de mim, e eu vou buscar outro lugar para ficar. Com o passar da noite, tomo mais cervejas e uma caipirinha ou duas e perco a conta das doses de tequila.

Já não sinto mais nada. É como se meu corpo estivesse anestesiado; como se minha mente estivesse liberta; como se me visse por fora; como se minha mente flutuasse acima da minha cabeça, bem longe do meu interior. Continuo bebendo, porque gosto dessa sensação.

Sinto-me livre.

Será essa a tão almejada liberdade?

Por isso, as pessoas baladeiras não se magoam! Simplesmente, curtem a onda e o momento. Deixam essa liberdade guiar seus passos sem preocupação; liberam toda a angústia do peito, cantando, bem alto, suas músicas favoritas.

Continuo bebendo até me perder. Perder meus sentidos, perder meus passos, perder minha direção. Sorrio, pois a única coisa verdadeira, nesta noite, é o sorriso que consigo expressar, sem usá-lo para disfarçar a dor em meu semblante, o medo, todas as coisas ruins que me preenchem dia após dia.

Sinto-me vivo. Livre. Mas essa seria uma liberdade genuína ou um falso sentimento produzido pelo álcool? Volto a pensar na dor, em como é a condutora da minha vida. Mas isso não importa agora. Além da próxima música, da próxima dose de tequila, das luzes que explodem à minha volta, nada importa.

De um momento para outro, tudo se perde de vez, e não sei onde estou. Ouço um latido vindo de perto e percebo que estou deitado em uma cama, mas não é a minha. Não estou no meu quarto, na minha casa. Não sei onde estou. Tento me lembrar do que aconteceu. Forço minha mente para recordar como cheguei até esta casa, mas tudo está turvo. As últimas coisa de que me lembro são estar bebendo, dançando, curtindo um momento. Agora, estou aqui.

Minha cabeça lateja quando tento me levantar e volto a me apoiar no travesseiro macio e alto. Sinto-me tonto, e o gosto amargo na minha boca faz com que queira vomitar. O quarto é grande e claro, com as paredes brancas. Há uma estante cheia de livros em uma parede; e, na outra, um guarda-roupas espaçoso. Todos os móveis também são brancos.

O sol entra, timidamente, entre as cortinas, que se movimentam, levemente, por causa da brisa de fora. Quando me viro, vejo meu celular e minha carteira na mesinha ao lado da cama, um copo de água e uma cartela de dipirona.

Pego dois comprimidos e os tomo com a água. Quando me levanto, percebo que estou nu e procuro minha roupa. Não encontro nada e não quero mexer nos pertences de quem quer que seja aquela casa.

Saio do quarto com cuidado, escondendo minhas partes íntimas com a mão, e procuro alguém. Então, um cachorro pequeno vem em minha direção, latindo baixinho. Sou surpreendido por seu dono, que aparece logo em seguida.

— Que bom que acordou! — diz.

Quando olho para ele, pergunto-me o que aconteceu. Estou à frente de um homem que aparenta ter cerca de cinquenta anos, no mínimo. É claro que não perguntarei a sua idade. É branco, tem uma altura mediana e está sorrindo para mim. As rugas em seu rosto evidenciam sua idade.

— Tudo bem? — Ele me pergunta, aproximando-se um pouco mais. Penso em dar alguns passos para trás, mas não consigo me mexer. Não entendo como fui parar ali.

— Ah, tudo sim. Só estou procurando minha roupa, preciso ir para casa...

Olho para os lados, tentando esconder meu nervosismo, mas é impossível de evitar que ele perceba isso.

— Você deixou suas roupas na sala assim que chegou, vem. Fiz café também, se quiser antes de sair. Talvez sua ressaca melhore um pouco depois disso.

— Estou bem, só preciso ir embora.

Ele entrega minhas roupas e se senta no braço do sofá, olhando para mim. Queria que ele tirasse esse sorriso do rosto, mas não posso mandá-lo parar de sorrir para mim. Visto-me na sua frente mesmo e procuro meus pertences.

    Ele diz que estão no quarto, e, então, lembro-me de tê-los visto. Vou até lá e aproveito para beber o resto da água. Quando volto para a sala, o homem está parado em frente à porta, como se fosse impedir minha saída.

    — Você se lembra do que aconteceu? Ou de mim?

    — Eu me lembro de tudo, só preciso ir embora mesmo — minto. Sequer me lembro do seu nome.

    Ele me segura antes de eu sair e me dá um beijo nos lábios. Penso em me afastar, mas retribuo como a única alternativa de sair daquela casa. Quando chego à rua, percebo que não faço a menor ideia de onde estava.

Como ser verdadeiro com quem somos, se tudo o que simplifica nossa existência é passível de ódio? Nossos cabelos, nossas feições, o jeito como andamos, como gesticulamos, como falamos. Se nos víssemos de fora, será que amaríamos o que vemos? Odiaríamos como odiamos nosso reflexo no espelho, como os outros também parecem odiar, desdenhar, menosprezar?

Encaro meu reflexo no espelho, com o intuito de encontrar algo de que eu goste, e tudo o que vejo é tristeza. Não há como me apaixonar por mim mesmo, enquanto outros caras não se apaixonarem. Só posso sentir raiva de quem sou.

Perco a noção do tempo embaixo do chuveiro, até meu pai bater na porta e gritar para eu sair, pois já fiquei tempo demais ali dentro. Desligo o chuveiro, mas continuo no boxe, olhando para a parede à minha frente, sem saber o que fazer.

— Eu quero usar o banheiro, porra!

Meu pai bate mais uma vez na porta; agora, com a força de quem seria capaz de arrancá-la aos socos. Só me enrolo na toalha e saio do banheiro, deixando o caminho livre para ele. Antes de voltar para o quarto, pego um copo de suco e o bebo rapidamente.

Já na cama, fico deitado, perdido no tempo, e não sei até que horas olhei para o teto, até apagar de vez. Acordo no meio da tarde, com fome e com sede. A dor de cabeça passou, mas ainda sinto azia e vontade de vomitar.

Como meu pai não fez comida, decido me arrumar e ir até

o shopping perto de casa, para comer algo que não seja miojo e ovo frito. Quando passo em frente ao cinema, vejo que haverá, em meia hora, uma sessão de um filme a que estou doido para assistir.

Decido ir a um *fast food* e comprar um ingresso para o filme. A sessão está bem cheia, mas sempre há um lugar ou outro para uma única pessoa se sentar.

Quando encontro meu lugar, recebo olhares de reprovação de um casal que se sentou ali, como se eu fosse um alienígena. Não ligo para os olhares, já estou acostumado a recebê-los, a ir ao cinema sozinho, a não paquerar nas sessões dos filmes, a não namorar ninguém.

Quando saio da sessão, vou até uma loja de chocolates e esbarro com um vizinho, o que é normal, já que estou em *shopping* que fica a quinze minutos de casa, ao contrário daquele em que trabalho, que está no fim do mundo.

— Olá, João. Tudo bem?

— Tudo, sim, Mário, e com você?

Ele abre um sorriso.

Mário foi o primeiro garoto por quem me apaixonei, quando ainda nem entendia direito o que eram aqueles sentimentos. Estudamos juntos por todo o Ensino Fundamental, até que troquei de escola por causa das brincadeiras que os outros meninos faziam comigo.

— Veio encontrar alguém ou tá indo embora? — pergunta, curioso.

Estranho a pergunta.

— Ah, não. Estava só dando uma volta…

— Ah, sim, quer conversar um pouco? Ainda tenho que esperar uma hora para a sessão do meu filme.

— Beleza — digo, meio incerto, mas o sigo para a praça de alimentação.

Encontramos um lugar para duas pessoas e nos sentamos. Começamos a conversar sobre tudo: escola, faculdade, trabalho, sonhos etc. e tal. Colocamos, como dizem, o papo em dia. Mário sempre sorria para mim, sempre prestava atenção a tudo o que eu dizia.

Lembro-me de que me apaixonei por isso. Por isso, também, decidi escrever aquela carta... Por sua atenção e pelo seu carinho. Nesta conversa, era como se eu estivesse voltando no tempo, como se eu descobrisse o que teria vivido se tivéssemos ficado juntos.

Então, ele coloca a mão sobre a minha e sorri mais uma vez.

— E os *boys*? Você está namorando ou só curtindo a solteirice? *Seria isso um convite?*

— Estou solteiro, mas não diria que estou curtindo a solteirice.

— Fala sério, João — Ele ri.

— É sério! Não estou ficando com ninguém.

— Vou fingir que acredito, ok?

Antes de falar mais alguma coisa, Mário solta a minha mão e acena para alguém atrás de mim. Antes mesmo de eu ver quem é a pessoa, ouço um arrastar de cadeiras, e um garoto se senta ao lado de Mário.

Eles trocam um selinho rápido – que, para mim, dura uma eternidade – e falam entre si por alguns segundos.

— João, este é Vinícius, meu namorado.

Não precisei nem perguntar se ele estava namorando. Não tive nem a chance de perguntar se gostaria de sair comigo, de tentar algo mais além da amizade. Não pude falar mais nada.

A hora da sessão de cinema chega, e eu volto para casa... sozinho.

Chove lá fora. Uma chuva preguiçosa, mas com gotas mais grossas. Diferentemente dos temporais do verão, a chuva é constante, e a brisa fria faz com que eu feche a janela, para me aquecer.

Deixo seu silêncio me envolver.

Corro para debaixo das cobertas e encontro uma posição confortável para assistir a um filme no meu celular, que está apoiado em uma almofada. A noite passa sem pressa, enquanto vejo o filme e alguns episódios de uma série.

A madrugada chega, e o sono, não. Canso de ver ficção e permito que meu dedo role pelo *feed* ora do *Facebook* ora do *Instagram*, curtindo uma foto ou outra de algum conhecido e, até mesmo, de desconhecidos.

Mais um casal coloca "relacionamento sério" no *Facebook*. Mais um menino se declara, com um *textão*, para o namorado, por mais um mês de namoro. Outro casal comemora tantos anos casados e com filhos.

Todos parecem ser merecedores do amor, de uma vida a dois, das paixões que movem suas vidas e que lhes arrancam os melhores e mais sinceros sorrisos. Mas não encontro garotos parecidos comigo nessas tantas postagens cheias de amor.

Quantos, assim como eu, vivem seus grandes amores e dividem grandes histórias? Quantos constroem famílias e vivem vidas plenas e felizes? Na Bíblia, Deus diz que o homem não deve estar só, não é mesmo? Será que isso também vale para mim?

Preto. Veado. Feio. Pobre. Provavelmente, não valeria. Essa frase não se refere a mim. Carinho não deveria machucar. Não deveria ser errado amar, mas, quando se é quem sou, amar é o pior ato que se pode cometer.

Independentemente de esses sentimentos gritarem tão alto dentro de mim, tornando-me incapaz de lutar, simplesmente permito que me guiem. Será que sigo para o caminho certo? Será que errei a travessia e, agora, estou condenado a viver uma eterna solidão?

Quando viverei o dia em que chegarei em casa, encontrarei a pessoa que amo, discorrerei sobre meu dia, e, juntos, prepararemos o jantar e nos amaremos sob as cobertas?

Com as luzes acesas!

Não me envergonharia de quem sou; não odiaria meu corpo, minha aparência e toda a minha existência.

Mas quem sou eu para sonhar com alto tão grande?

O que tenho de especial para divagar com um futuro nada além de utópico?

A resposta não me vem à mente pelo simples fato de não existir. Não há nada de especial em minha vida. Talvez, seja o extremo oposto de tudo o que sou, eternamente menosprezado, ignorado, esquecido.

Essa é a minha sina.

Assim como me amar no escuro. Quando ninguém está vendo. A mão toca o membro rijo; primeiramente, com certa insegurança; depois, desfrutando o prazer que posso dar.

Alterno ritmos; descubro mais sobre o meu corpo, enquanto ninguém mais quer desbravá-lo em toda a sua plenitude. Fecho os olhos e deixo minha mente flutuar. Penso em vários rostos, em vários corpos.

Deixo minha mente se libertar por poucos instantes, instantes esses em que posso ser eu sem medo, sem temor, sem receio. Só assim, perco-me e deixo os pensamentos e os sentimentos ruins do lado de fora.

Contudo, cercam-me e, volta e meia, tomam seus lugares mais uma vez. Transformam o recente gozo em angústia. A alegria provocada pelo prazer proporcionado a mim mesmo se transforma em tristeza. E tudo o que sinto é a solidão de mais uma noite fria.

Talvez, esse seja o meu destino.

A sentença por ser quem sou.

Parte 3
LEMBRANÇAS

Lembro-me da força da sua mão contra o meu rosto; de como meu corpo cambaleou para trás e bateu forte no chão; do jeito que me senti pequeno e vulnerável, como um copo de vidro que cai se quebra em vários pedaços. De certa forma, foi o que aconteceu dentro de mim: naquela noite atípica, minha alma começou a se quebrar aos poucos, transformando-se em pequenos cacos.

A toalha que estava enrolada na minha cabeça voou para longe, enquanto sua voz gritava todos os tipos de xingamentos, misturando-os a uma série de tapas e de chineladas. O cabo de uma vassoura acertou minha perna em cheio. Por mais que tentasse me proteger e fugir daquela surra, não conseguia escapar dos vários golpes que recebia.

— Não vou ter filho boiola, tá me ouvindo, moleque? Dentro da minha casa, eu não aceito veado.

Tinha dez anos na época e não entendia o que ele queria dizer. No fundo, para mim, aquilo era apenas uma brincadeira. Só queria ter os cabelos longos da mamãe. Queria ser bonito como ela era, e a toalha na cabeça só transmitia esse sentimento oculto em mim. Nem mesmo eu entendia. Mas aquele desejo foi tirado de mim com a violência das suas mãos

As lágrimas caíram sem dificuldade. Sentia minha pele arder em várias partes e tentava engolir o choro, como ele meu mandou fazer em inúmeras vezes. Porém, isso é algo impossível de se fazer quando todo o seu corpo dói. Eu me cobri, escondi até meu rosto.

Sentindo vergonha e dor, escondi-me, sem vontade alguma de sair de debaixo dos lençóis, até minha mãe chegar em casa, ainda usando seu uniforme.

Senti seu toque suave sobre as cobertas. Contudo, por mais delicada que fosse, não foi capaz de fazer a dor passasse ou, pelo menos, de trazer algum tipo de alívio. Por mais que tentasse me tranquilizar, nada seria capaz de me fazer parar de chorar naquele momento.

Ainda me recordo do seu toque; do seu amor de compreender até mesmo aquilo que eu não entendia na época; da forma como sua voz suave trazia certo conforto.

— O que eu fiz de errado, mãe? — indaguei, deixando mais lágrimas caírem.

— Você não fez nada de errado, meu amor. Só precisa entender que você, como um menino, não pode fazer algumas coisas.

Lembro-me de uma lágrima cair de seus olhos castanhos.

Será que ela sabia o que eu era? Será que entendia o real significado de tudo aquilo? Aquela lágrima derramada não era apenas por causa da surra que levei, mas, talvez, viesse das inúmeras porradas que tomaria pelo resto da minha vida.

— Você não pode colocar uma toalha na cabeça como se fosse menina. Tudo bem? Você não pode andar e nem balançar muito os braços assim. Precisa ser mais como seu pai.

Naquele dia, eu comecei a entender o porquê de todos falarem que eu era diferente. De certa forma, sentia-me diferente, mas não conseguia enxergar o que vários vizinhos e parentes comentavam.

Mas ali, sentindo minha pele arder, meu corpo doer e minha alma quebrar, compreendi que o problema estava em meus olhos: eu não enxergava a tão dura verdade.

— Deixa eu ver primeiro, que te mostro o meu.

— Tá bem, tá bem. Você quer tocar?

— Eu, não... — talvez, naquela época, quisesse, mas como poderia me lembrar?

Brincávamos de pique-esconde.

Ao lado da minha casa, havia um terreno baldio que servia de esconderijo, e eu e meu primo, Diogo, escondíamo-nos ali sempre que brincávamos com os outros garotos da rua.

Com onze anos, algumas curiosidades acabavam aflorando de alguma forma, e já havia visto outros meninos sem roupa. Nosso erro? Foi fazer isso embaixo da janela da cozinha de casa, e meu pai, curiosamente, ouviu tudo o que falávamos. Em poucos minutos, ele apareceu com uma vara de goiabeira em riste.

Deu duas varadas no meu primo, apenas para fazê-lo correr, mas seu ódio estava direcionado a mim.

Sua primeira surra em nada se comparou à que levei naquele dia; nem mesmo as que vieram depois foram capazes de me fazer me sentir tão sujo.

A cada nova varada, uma ferida se abria em minha perna.

A cada novo xingamento, eu me sentia um lixo.

A cada nova agressão, eu me perdia de mim mesmo.

E nem sabia por que estava apanhando. Todos os garotos faziam aquilo. Nem tinha sido eu quem propôs. Nem tinha sido eu a *tocá-los* em outras oportunidades. Nem tinha sido eu o culpado.

Mas fui eu quem apanhou.

E calado!

Pois ele repetia, a cada nova varada: — Tu não chora porque você é homem! Homem de verdade não chora. Se chorar, vai apanhar mais, sabe por quê? Eu não vou ter um filho preto e veado. Eu não vou passar essa vergonha diante de Deus e dos meus irmãos. Vou te consertar nem que seja à base da porrada, tu tá me ouvindo?

Naquela noite, minha mãe me deu banho morno com chá de aroeira esquentado. As feridas causadas pelas varadas de meu pai ardiam e doíam, mas o que sentia por dentro era muito pior.

Na minha cabeça, suas palavras ecoavam.

— *Eu não vou ter filho preto e veado!*

Minha mãe me secou com a melhor toalha que tínhamos, uma toalha branca que ganhou do hotel em que era camareira quando uma das passadeiras a queimou. Era aveludada e muito fofa. Porém, não importava. Podia ser um rolo de algodão, que eu sentiria a dor tão intensa quanto o era naquele momento.

— *Eu não vou ter filho preto e veado!*

Sua voz gritava no meu ouvido sem parar. Sentia suas mãos fechando minha garganta e não conseguia respirar direito. Sentia seu ódio por mim e sua raiva em cada varada. Em cada xingamento.

Seu cuspe via em direção ao meu rosto sem controle. Seus lábios estavam cortados de tanto mordê-los. O sangue saía, devido à raiva que sentia. Seu olhar frio e odioso se destinava somente a mim.

— *Eu não vou ter filho preto e veado!*

Minha mãe me levou para o meu quarto e me cobriu. Fez uma oração e cantou um louvor. Sua voz era tão bonita! Meu coração se acalmava sempre que a ouvia cantar. Contudo, isso não aconteceu naquela vez. Tudo o que ecoava em meu coração era a voz do meu pai.

— *Eu não vou ter filho preto e veado!*

Entendi, enfim, porque era diferente.

Quem poderia dizer que mexeriam na minha mochila, curiosos para saber o tanto que eu escrevia naquele caderninho surrado? Não imaginava que havia despertado qualquer interesse naquela turma tão rapidamente. Apesar de essa nova escola ser próxima da minha casa, não conhecia muitos alunos, já que morava em um bairro vizinho.

Era o terceiro ano seguido que eu implorava à minha mãe para trocar de escola. Não conseguia aguentar as zoações, as brincadeiras, os tapas gratuitos que recebia por ser um pouco... *diferente*.

Qual era o problema deles?

Qual era o meu problema?

Parecia que ninguém gostava de mim, que ninguém conseguia enxergar o garoto normal que eu era, mesmo não gostando de jogar bola, mesmo tendo medo de falar com as meninas.

Já não bastava toda a confusão que se passava na minha cabeça?

Mas essa nova turma trouxe Mário, que tinha um sorriso largo e, também, não curtia jogar futebol. Preferia ficar lendo seus livros em um canto, protegido do sol e da bola. Foi assim que comecei a ler com mais intensidade. Inconscientemente, fazia de tudo para agradar a Mário; para chamar sua atenção; para lhe mostrar para que eu existia.

No primeiro dia de aula, acabei me sentando com ele e posso dizer que nos tornamos amigos. Ele era simpático comigo e até me explicava as matérias de inglês, já que fazia curso e era meio fluente.

Nunca havia sido tratado tão bem por um garoto antes. Sempre fui alvo das troças e das zoações. Cheguei a um ponto em que deixei de ligar, mas ele era diferente.

As primeiras semanas foram se passando, e minha cabeça se tornou mais confusa. Comecei a perceber que estava despertando sentimentos por Mário. Não era apenas uma questão de amizade, eu sabia. Era algo mais... tão intrínseco que não queria admitir para mim mesmo. Muito menos para ele!

Então, percebi que algo estava errado. Mexeram na minha mochila e pegaram aquele caderninho. Era como se fosse um diário. Era como conseguia extravasar tudo o que não conseguia falar. Escrevia poemas com o sonho de um grande amor, e havia aquela carta que nunca consegui criar coragem de entregar.

Toda a turma leu. Todos riram. Quando estava subindo o morro, fui cercado – não só por alunos na minha turma, mas por de outras também. Para minha surpresa, quem me esperava na esquina era Mário; seu irmão, que estava duas turmas à frente; e um tanto de garotos e de garotas.

Parecia um filme de terror. Senti-me pequeno diante de toda aquela gente, apesar de já ser mais alto do que todos da minha turma. Então, empurraram Mário em minha direção.

Em um primeiro momento, percebi que estava ali contra sua vontade. Percebi que não queria fazer o que fora mandado, mas que precisava fazer aquilo para seu próprio bem.

Então, ele me xingou, cuspiu em mim e me socou com ódio e com lágrimas nos olhos.

Eu poderia revidar, já que tinha um palmo a mais de altura e, com certeza, mais força, mas tudo o que senti naquele momento foi medo e vergonha. Eu me encolhi no chão, com as lágrimas descendo por meu rosto, não conseguindo entender por que todas aquelas pessoas me odiavam tanto.

Por que tiraram o meu direito de amar alguém?

De ser amado por alguém?

— Pai nosso, todo poderoso, venho, humildemente, pedir para libertar essa alma de todos os demônios que a cercam. Tire todo o pecado de luxúria, tire toda sodomia, toda soberba.

Sua mão pressionava minha cabeça, enquanto um dos pastores sussurrava *palavras de libertação* próximo ao meu ouvido.

— QUE TODO O DEMÔNIO SAIA DESTE CORPO. SEJA LIBERTO PELO SANGUE DE JESUS!

Começou a falar palavras *estranhas* e a pressionar minha cabeça para trás, como se tentasse me derrubar, como se quisesse que eu caísse. Afinal, se uma pessoa caía, estava se libertando de seus demônios. Se uma pessoa caísse perante a igreja, assumiria todos os seus pecados; tinha uma vida pecaminosa; estava endiabrada. Todas as fofocas, no fim, estariam confirmadas. Mas nunca caí com nenhuma oração antes; com essa, não seria a primeira vez.

— Em nome do Criador, eu te repreendo, demônio! Você não é mais forte que o Criador, não irá tragar a vida desse jovem. Em nome de Jesus. EM NOME DE JESUS:

— SAI! — ouço outras pessoas gritando, em uníssono. Sua mão continua pressionando a minha cabeça, forçando-me a dar dois passos para trás. Quase cambaleio e caio, mas, em minha cabeça, eu só gritava:

— NÃO VOU CAIR!

Ele continuava a oração, continuava empurrando minha cabeça para trás. Não tinha intenção de interromper a oração até que eu fosse parar no chão, mas eu sabia que isso não iria acontecer.

Com quinze anos, eu já estava alto e forte o suficiente para não cair com qualquer empurrãozinho, mesmo cambaleando um pouco, por causa dos olhos fechados há muito tempo e do mau hálito do pastor, que me deixava enjoado.

MAS NÃO VOU CAIR!

É isso que queriam que acontecesse. Eu já estava um tanto afeminado, e as surras que levava do meu pai eram um assunto recorrente no nosso bairro, na nossa igreja. Sabiam o que nem eu mesmo entendia por completo.

Todos sabiam o que eu negava com todas as minhas forças. Sabiam que eu não era como julgavam ser correto e juravam por Deus que a culpa era do demônio. Era influência do inimigo para levar a vida de mais um jovem para o caminho da prostituição, da perversão.

Mas eu não caí, até que se deu por vencido e terminou a oração. Até hoje, não caí, porque não há demônios para serem expulsos. Não há *pomba-gira*; não há *zé-pilantra*, como os pastores sempre diziam em suas orações. Por ironia, a maioria dos meus *demônios* foi adquirida nas sessões de libertação.

Quando me viro, meu pai me lança um olhar de reprovação, e minha mãe chora, não sei se de vergonha ou de esperança. Tudo o que meu coração pedia era que aquelas lágrimas fossem de orgulho, mas sabia o que queriam dizer...

— Seu intuito é nos envergonhar em frente de toda a congregação, garoto? — Mal colocamos os pés dentro de casa, após o culto, e meu pai já entra em meu caminho. Ainda segura sua Bíblia absurdamente grande, enquanto a minha se encontra no bolso de trás da minha calça jeans.

Prefiro manter o silêncio e faço menção de ir para o meu quarto.

— Não ignore seu pai, está me ouvindo? Quantas vezes mais você vai precisar de libertação?

— Fala sério! Acha que sou eu mesmo que preciso de libertação?

Ele coloca a bíblia sobre a mesa e se aproxima de mim. Minha mãe se coloca, rapidamente, entre nós dois. Não admitia que meu pai me batesse; então, sempre que estava presente, as surras eram deixadas para depois, pelo menos.

— Esse cara cisma em querer me orar toda vez, e vocês ficam me coagindo a receber oração para sempre acontecer isso. E eu não quero mais ir para a igreja. Ele não vai ficar mais empurrando minha cabeça desse jeito.

— É o demônio falando pela sua boca, não percebe? Ele que faz vocês ser… ser… ser…

— Diferente? — completo.

— Veado!

— José! — intervém minha mãe.

— Não é isso que você é, garoto? Boiola?!

— Vai à merda!

Ficamos alguns segundos em silêncio, até o verdadeiro e único demônio mostrar sua verdadeira face e caminhar até mim, tirando o cinto de couro que prendia a calça social.

— Não bata nele, José. Ele não quis dizer isso.

— Eu quis sim, mãe. Eu tô cansado de você, cansado das surras, cansado dessa igreja, cansado da minha vida! Se eu pudesse, eu morreria agora.

Minha mãe segura o braço do meu pai longe de mim, mas ele a ignora e continua vindo em minha direção, com o cinto em mãos.

— Se o demônio não vai sair pela oração, vai ser pelo cinto. Nunca se esqueça: Deus é amor, mas também é fogo consumidor.

— O Deus que cria os homens para depois matar todos afogados ou queimados. — Deixo uma gargalhada preencher o ambiente. — Esse Deus é tão sensato que me criou para simplesmente queimar no inferno depois. Deve ser algum tipo de cota.

Ele parte para cima de mim, desvencilhando-se da minha mãe, e nem nada nem ninguém é capaz de impedir as cintadas que distribui em cada parte do meu corpo. Finalmente, caio, quando ele acerta meu rosto com força.

Ouço um grito da minha mãe, que está caída mais à frente. Seu corpo todo treme, e consigo ver lágrimas escorrendo pelo seu rosto. Naquela noite de quarta-feira, quase perco minha mãe, algo que não demoraria muito tempo para acontecer.

Minha mãe tinha os cabelos longos e cacheados. A pele era negra, igual à minha, e seus olhos, escuros e grandes, também eram iguais aos meus – ou os meus eram iguais aos dela, tanto faz. Era empregada doméstica e dividia seu tempo entre três ou quatro casas, até o momento em que adoeceu.

Eu tinha acabado de fazer quinze anos quando ela foi internada. Ninguém soube, até hoje, dizer o que, de fato, ela teve. Não é de surpreender. Em hospital público, morre-se aos montes, mas quantas mortes são explicadas?

O primeiro e único dia em que fui visitá-la no hospital foi estranho.

Nunca tinha entrado em um hospital na vida. Minhas idas ao médico foram somente no postinho de saúde de perto de casa, para tomar vacina, para receber medicação para alguma virose e para tratar catapora, quando era mais novo.

Estranhei quando entrei no quarto. Ela estava deitada na cama. Sua voz ainda era a da minha mãe, mas sua aparência não era mais. Não havia beleza ali. Não havia um sorriso sincero em seu rosto. Seus olhos não me transmitiam mais sua paz.

Quando cheguei mais perto, pude ver como estava magra. Todos os ossos do rosto seu estavam salientes. As bolsas embaixo dos olhos pareciam maiores do que o normal. Seus cabelos, outrora lindos e volumosos, estavam desgrenhados e malcuidados.

— Olá, meu filho — diz, tentando simular um sorriso. — Tudo bem com você?

— Ande, chegue mais perto da sua mãe. — Meu pai dá a ordem atrás de mim.

Cheguei ainda mais perto, apesar de não acreditar que aquela criatura desfigurada era a minha mãe. Engasguei-me ao tentar conter o choro e fiquei olhando para ela, sem saber o que dizer.

— Estou bem, sim, mãe. Quero muito que a senhora melhore logo, para voltar para casa. Já deixei tudo limpo, para você não se preocupar com limpeza.

— Você sempre tão doce, João. — Ela tenta esticar a mão até o meu rosto, mas seus braços estão finos demais, e não há mais força suficiente para fazer esse movimento tão rotineiro. — Agora, você terá de cuidar do seu pai. Um terá de cuidar do outro de hoje em diante.

Ela olha para o meu pai por um momento, conversando em silêncio. Entendo aquele olhar. Entendo o que quis dizer, mesmo sem precisar proferir palavra alguma.

— Não diga isso, mãe. Você não pode me deixar aqui.

Ela volta a sorrir. Pego sua mão e a conduzo até meu rosto, tentando mantê-la firme por alguns segundos, até que um tremor toma conta dela. Decido que o melhor é voltar seu braço para uma posição relaxada, mas não largo sua mão.

Saio do quarto com a promessa de que voltaria no dia seguinte, assegurando que ela ficaria melhor depois de alguns dias de descanso; que seu mal-estar se devia à longa jornada de trabalho e ao excesso de esforço; que passaria com algumas noites de sono. Mas isso não aconteceu. Minha jura foi quebrada minutos depois de sair daquele quarto, antes mesmo de voltar para casa. Recebi aquele olhar, aquela fala resignada, aquela postura sepulcral.

Minha mãe havia me deixado só.

Minha mãe me abandonou ao lado do meu pai, ao lado do homem que me odiava.

Parte 4
MARIA

Sua mãe tinha seis filhos. Maria era a mais velha da família, a primogênita, a responsável por olhar os irmãos menores, ainda na adolescência, para que a mãe entregasse as roupas lavadas, passadas e engomadas do final de semana.

Não prosseguiu com estudos, por falta de tempo e pelas múltiplas tarefas domésticas. Continuou os passos da mãe e começou a trabalhar em casas de família. Fazia de tudo um pouco: cuidava das crianças, enquanto as patroas iam às compras; lavava, passava e limpava a casa. Fazia o almoço e a janta e levava as crianças à escola.

Com quinze anos, já trabalhava para duas famílias e, ainda, fazia alguns bicos em casa, até que chegou à maioridade, e os pretendentes começaram a aparecer.

Era uma mulher bonita, com os cabelos longos e com a voz resignada. Tinha olhos grandes e lábios carnudos. Chamavam-lhe de *negra de parar o trânsito*, mesmo que odiasse esse epíteto. Apesar dos vários pretendentes, demorou para encontrar o que julgasse ser certo. Ainda que fosse mais fechada, sabia muito bem o que queria e, apenas aos vinte anos, veio a se casar.

José era negro, alto, magro e esguio. Tinha um sorriso largo no rosto e tocava cavaquinho. Conheceram-se em uma festa junina e não se desgrudaram mais. Fez o pai aceitar esse pretendente, embora não tivesse muito a oferecer além da alegria que transmitia enquanto estavam juntos.

Um ano após o casório no quintal de casa, veio a tão esperada gravidez. Já tinha feito seus vinte e um anos e trabalhava em um hotel, na Zona Oeste. Era camareira e tinha carteira assinada, o que era motivo de muita felicidade, ainda mais para quem não havia estudado.

Depois de passar mal algumas vezes, seus chefes a obrigaram a ir a um posto de saúde. Então, soube da notícia e a recebeu com muita felicidade – e, também, com muito receio. Seria uma mãe tão boa quanto a sua tinha sido? Aquela mulher era guerreira! Queria seguir os passos da mãe na criação do seu tão amado filho.

Ao chegar a sua casa depois de receber a notícia, decidiu fazer uma surpresa para o marido, José. Preparou a costela com agrião de que o homem tanto gostava e até comprou uma garrafa de cerveja. Tinham aceitado Jesus meses antes, mas ainda se permitiam pequenos pecados como aquele.

Não beberia; sua preocupação, agora, era o bem-estar do seu bebê. Quando terminou de preparar o jantar, foi para um longo banho. Era verão, e o dia estava muito quente. Um balde de água gelada foi bem-vindo. Ao se secar, perdeu-se nos seus pensamentos, acariciando sua barriga, com o objetivo de o neném sentir todo o seu afeto.

— Maria? — A voz do marido a fez despertar de seus pensamentos. Rapidamente, secou-se e foi ao seu encontro. Ele estava na cozinha, olhando para o que a esposa havia aprontado.

— Eu perdi alguma coisa? — perguntou, sorrindo e roubando uma torrada da travessa sobre a mesa.

— Decidi fazer um jantar especial para o meu marido... —Ela estava em êxtase. Sentia-se completa pela primeira vez em toda a sua vida. Finalmente, o sonho de conceber uma criança está se realizando, e felicidade maior seria impossível. — ... e pai do meu filho — completou a frase, colocando a mão sobre a barriga mais uma vez.

José não se aguentou de pé e caiu aos pés da mulher que tanto amava. Apoiou a mão sobre a barriga da esposa e colou ali o ouvido, tentando escutar alguma coisa, apesar de ainda ser muito cedo para isso. Chorou e beijou a barriga da mulher. Beijou o ventre em que crescia seu primogênito. Chorou, porque esse sonho também era dele e não poderia estar mais alegre.

Jantaram felizes e foram para a cama cedo, mas não conseguiram dormir. Vários planos começaram a ser traçados sem nem saberem o sexo do bebê. Riam pensando em como seriam suas vidas daquele ponto em diante.

— Se for menino, se chamará João, o nome do meu pai. Se for menina, poderá se chamar Vera, o nome da sua mãe. O que acha? — disse José, deitado próximo à barriga de Maria.

— É uma ótima ideia, meu amor.

— Espero que venha menino. Sempre quis ter um filho macho. Sempre quis ensinar a alguém meu ofício. Serei muito feliz se o primeiro for homem. Poderei ensiná-lo a conquistar uma mulher bonita igual à mãe dele.

Maria sorriu. Sempre achara graça nas divagações do marido.

— Eu só quero que ele ou ela venha com muita saúde! Isso é o que importa para mim.

José se aproximou da esposa e lhe deu um beijo nos lábios.

— Você sabe que, para mim, também.

E, com essa frase ecoando em seus pensamentos, Maria se permitiu cair em um sono profundo, sonhando com a felicidade que o filho em sua barriga lhe traria.

João veio ao mundo de maneira discreta. Não houve nem uma grande história nem grandes dores, desde o início da gravidez até Maria poder ter, em seus braços, seu tão amado filho. Era pequeno e mantinha um sorriso tímido em sua feição. Todos falavam a mesma coisa ao conhecer o pequeno.

José, seu pai, fazia questão de proferir:

— Tem o sorriso do pai, o garoto, isso sim!

O menino nunca deu trabalho. Dormia cedo e, mesmo acordando nas primeiras horas do dia, sempre soube se entreter sozinho, no berço e não era dado a choradeira. Raras eram as vezes em que abria o berreiro, e, quando acontecia, Maria sabia que algo estava errado, como no dia em que teve uma infecção, e, depois de uma noite toda de choro, a médica do posto de saúde informou que ele sentia grandes dores.

Melhorou e, poucas vezes, voltou a adoecer. Era forte de saúde, apesar de sempre ser magrinho e de pouco comer durante as refeições. Distraía-se com qualquer coisa que passava na televisão e até se divertia com as dobras do tapete da sala.

Era calado, mas, também, era muito esperto e cresceu com o mesmo sorriso, com os olhos atentos e curiosos, embora, continuamente, deixasse essa curiosidade dentro de si, escondida de todos. Diferentemente dos primos, sempre foi estudioso e educado. Não recebeu uma educação incomum; simplesmente, era daquele jeito.

E Maria era feliz com o filho do jeito que era, ao contrário do seu marido, que se incomodava com o fato de o garoto ser um pouco deslocado. Ela entendia o que ele falava; sabia que o filho não era igual aos outros, nem parecido, mas preferiu acreditar se tratar de um traço de sua personalidade.

Ele foi crescendo e se afastando daquela imagem que o pai desejava que seguisse. Ainda que não fosse algo escancarado, era visível, principalmente aos olhos dos mais próximos. João foi perdendo o sorriso, ao mesmo tempo em que o pai ficava cada vez mais severo.

Volta e meia, Maria precisava ignorar os resmungos do seu marido sobre João. Tentava amenizar, dizia que era coisa da sua cabeça, mas sabia que era questão de tempo até o pior acontecer. Então, em um dia cansativo, depois de passar todo o tempo limpando a casa de outra família, chegou a sua casa e sentiu que algo estava errado.

Encontrou João sentado em um canto, chorando, e o marido, com o cinto de couro em riste, pronto para uma nova sessão de tortura. Não permitiu e tirou o menino dali. Era uma criança, mal tinha feito oito anos, e, em sua feição, além da dor, só se via confusão, confusão por não entender o que estava acontecendo; confusão por não saber o porquê da coça, do ódio oriundo de seu próprio pai.

E ela, sua mãe, podia ver tudo isso nos olhos molhados de seu filho.

O marido largou o cinto e saiu porta afora. Sequer olhou para a mulher, porém, antes que sumisse por completo de sua visão, deixou uma frase escapar que pareceu um tapa em sua cara.

— Não vou ter um filho boiola!

O coração de Maria se fechou, apertando-se de um jeito que nunca havia sentido. Diversos questionamentos surgiam em sua cabeça, e, por maior amor que pudesse nutrir pelo seu filho, temia que seu maior medo fosse real. Como poderia lhe dizer isso? Era apenas uma criança. Por mais que já soubesse o futuro do seu filho; por mais que já tivesse certeza em certas ocasiões, não deixava de negar seus pensamentos e de repreendê-los como se fossem a voz de Satanás.

Nada pôde prepará-la para aquele momento. Uma dor em seu peito a deixou sem reação. Não sabia o que fazer e, pela primeira vez, sentiu medo, medo do próprio marido e, principalmente, medo do que aconteceria com o seu filho quando, em sua face, não restasse mais sombra de dúvidas.

— Venha, João. Vamos para o banho...

Esquentou a água como o filho gostava, tirou suas roupas e o colocou no banheiro. O menino continuava com suas lágrimas silenciosas. Todo o seu corpo tremia, e seus olhos fitavam qualquer lugar, menos o rosto da sua mãe. Era como uma tentativa de se esconder, como se sentisse vergonha de algo que não entendia.

Quando colocou o menino na cama, cobriu-o para, enfim, dormir e acariciou a sua cabeça, ele se virou. Pela primeira vez naquela noite, fitou seus olhos. Os olhos negros do menino pareciam mais negros ainda, quase como se estivesse perdendo toda a sua vida.

O seu filho perguntou:

— Mãe, por que *ele* me odeia?

Ela sabia a resposta, contudo não tinha não tinha coragem de responder a essa indagação. Quando João abaixou os olhos, parecia que já sabia a resposta, como um contragolpe que só queria ouvir de outra pessoa, provavelmente da pessoa que mais amava; decerto, da única com quem realmente se importava.

      Ela chorou. Abraçou seu filho e chorou. Tomou seu pequeno e frágil corpo entre seus braços, a fim de protegê-lo de um mal que não seria capaz de impedir. Orou a Deus em pensamento e suplicou, até seu último suspiro, que todos os seus temores fossem apenas um engano; que seu filho não seria nada disso; que era algo comum da idade, algo com que todas as outras mães precisam lidar com seus próprios filhos; que não passava de um martírio comum.

No aniversário de doze anos de João, o menino não quis sua tradicional festa de aniversário no quintal de casa, com os amiguinhos da rua e com seus primos. Estava mais fechado e passava mais tempo em seu quarto do que brincando com outros garotos.

Como mãe, Maria não queria deixar passar em branco a festa de aniversário do seu único filho. Estava maior, tornando-se um rapagão, e, obviamente, gostaria de comemorar. Então, foram à Quinta da Boa Vista. A mãe deixou que levasse uma amiga da escola, e os três pegaram o metrô para ir ao museu.

Era sua primeira vez em um museu, mas sabia que o filho tinha gostado do lugar quando, no ano anterior, havia ido lá, em um passeio com a escola. Olharam tudo: os retratos, os quadros, as esculturas, os esqueletos de dinossauros e até uma múmia.

Sentiu uma felicidade verdadeira em seu filho, não aquela máscara que usava, constantemente, para se enganar e para enganar quem lhe perguntava se tudo estava bem. Sabia da verdade; sabia de cada faceta do filho e de cada sentimento que tinha, até mesmo daqueles que aprendeu, com o tempo, a esconder.

Naquele momento, ela se sentia bem. Pela felicidade do seu filho, poderia mover montanhas. Não se deixaria levar por uma tristeza que não entendia por completo. Observando o filho rir com a amiguinha, correr no gramado, subir e descer o morro, livre e sem nenhum medo, levantou-se e foi ao encontro de seu pequeno, brincando junto, sem nenhuma preocupação.

— Mamãe, solte os cabelos! Eles são tão bonitos.

— Não, meu filho, não quero bagunçá-los.

— Por favor, tia, a senhora tem cabelo de princesa — disse Nina.

— Verdade, mamãe, seus cabelos são de princesa.

— Tudo bem, querido. Só se você for o meu príncipe.

— Ebaaaaaa — As crianças ecoaram, juntas, e aplaudiram, enquanto voltavam a correr, livres como borboletas voando pelos mais belos jardins.

O sol estava mais baixo e se refletia no lago. A temperatura do meio de maio era mais amena. A felicidade era completa, porque Maria sentia que, ali, seu filho estava completo, feliz, sem medos e sem temores, como deveria ser.

Maria esticou uma toalha sobre o gramado e tirou da bolsa potes de bolo, de sanduíches e de brigadeiro. As crianças vieram correndo, felizes, para comer as guloseimas. Só quando o sol já se escondera quase completamente, decidiram ir para casa.

Nina e João se abraçaram ao se despedir, e ela entrou com a mãe, que veio ao portão para agradecer o dia que passaram juntos.

— E então, João, quer mais alguma coisa hoje? Aproveite, que é seu aniversário.

O menino voltou a sorrir, e a mãe dividiu o mesmo sorriso, pois sabia o que o filho pediria. Sem falar nada, entraram na primeira rua à esquerda e desceram o morro em que moravam para comprar cachorro-quente.

João pediu de tudo no cachorro-quente, e, enquanto o rapaz preparava os lanches, seus olhinhos brilhavam de expectativa.

Maria pegou os lanches e os pagou ao rapaz. Deu a mão ao seu filho mais uma vez. João falava de como se divertiu durante todo o dia e de como gostaria de fazer exatamente a mesma coisa no próximo aniversário.

— Ou, então, podemos ir semana que vem, né, mãe?

— Não vamos abusar, João. Quem sabe se tirar notas boas…

O menino riu, maroto, já que suas notas eram as melhores da turma, junto com as notas da Nina, e a mãe sabia disso.

Chegaram a casa, e o menino se calou. A última surra do pai ocorrera havia pouco, e o episódio ainda estava vivo na memória de todos. Maria permanecia de rosto virado para o marido, mas, ainda assim, levou um lanche para ele, com o propósito de que se estabelecessem uma trégua.

João foi lavar as mãos, enquanto sua mãe preparava um suco. O pai veio do quarto com um presente para o menino. José lhe deu um videogame, e João sorriu para o pai depois de tanto tempo sem lhe dirigir uma palavra verdadeira. Os dois se sentaram no chão para montar o jogo e ligá-lo na televisão.

— Só não queimem minha tevê, porque eu quero ver minhas novelas. Já ouvi dizer que esses troços fazem mal para a imagem.

— Ah, mulher, deixe de maluquice. Venha cá com nossos lanches, vamos jogar daqui mesmo, né, filhão?

— Sim!

Maria se limitou a sorrir e pensou que, daquele ponto em diante, as coisas voltariam a ficar bem.

Parte 5
ALGOZ

Levanto-me atrasado para o trabalho e, assim que saio do quarto, já vestido, encontro meu pai apoiado na parede. Está com uma das mãos sobre o abdome, e a outra tentava sustentar, de algum jeito, seu corpo, demonstrando grande esforço. Em seu semblante, consigo perceber notas de dor, mesmo que buscasse reprimi-las.

Quando me aproximo, tenta endireitar sua postura e lança aquele olhar rancoroso exclusivamente meu. No entanto, seu corpo não responde como gostaria e, em menos de um minuto, retorna à posição curva, deixando um gemido baixo escapar por seus lábios carnudos.

Pego-o pelo braço sem receios, e, talvez, pela primeira vez em toda a minha vida, ele permite que eu o toque sem alguma resistência. Não resmunga; não me xinga; não tenta se desvencilhar. Apenas aceita meu apoio e passa sua mão sobre meus ombros. Era evidente a falta de forças para me afastar. Antes de chegarmos ao seu quarto, ele tropeça e cai, quase me levando junto.

Consigo segurá-lo por pouco, recorrendo a uma força que sequer tinha o conhecimento de existir, e o deito no chão. Ele se arrasta para todos os lados. Volta a colocar sua mão sobre a barriga, solta outro grito e resmunga palavras incompreensíveis. Seus olhos estão fechados, mas algumas lágrimas conseguem escapar das pálpebras.

— Pai, pai! O que tá acontecendo? Você consegue falar alguma coisa?

Ele não consegue dizer palavra alguma. Da sua garganta,

saem apenas gritos de dor. Tento fazê-lo dizer algo, mas nada consigo compreender. Quando toma para si uma posição de feto, abraçando a barriga como pôde, sem deixar de se mexer, assusto-me. Um arrepio desconhecido percorre minha espinha, como se meu coração parasse de bater por um segundo, tirando-me o ar e fazendo minha cabeça girar.

Um dilema toma conta da minha cabeça, e não sei o que fazer. Não sei para onde ir; não sei se devo deixá-lo sozinho nos próximos minutos. Ele continua chorando em silêncio, na mesma posição, e um mal agouro vem até mim. Não tenho outra opção a não ser ir atrás de ajuda.

Saio de casa, gritando por todos, até que minha tia Mariza surge, assustada.

— O que houve, meu filho? — indaga, segurando uma camisa molhada na mão.

— Tia, meu pai. Ele está mal. Ele tá caído e chorando com dor. Me ajuda, me ajuda.

Logo, ela e outros parentes aparecem na porta de nossa casa. Todos correm para meu pai, que continua deitado no chão, com a mão no estômago. Agora, há uma poça de vômito a seu lado. Novamente, vejo sangue. Em um primeiro momento, penso que havia morrido, mas, ao chegar mais perto, percebo que continua com os olhos abertos e molhados de lágrimas.

Nunca, antes, vi meu pai chorar. Nunca o vi estremecer, nem desabar desta maneira. Pensava até que ele não tinha lágrimas. E me martirizava por chorar. Toda vez que não conseguia segurar minhas lágrimas, sentia-me inferior, errado, quebrado. *Homem não chora*, dizia ele, *ainda mais sendo preto*. Quando olhava para os seus olhos, sempre firmes, eu simplesmente acreditava e me cobrava por isso.

Homens.

Pretos.

Não.

Choram!

— Meu Deus Santíssimo… — diz tia Mariza ao entrar em casa. —Vou chamar seu tio Augusto. Vamos levá-lo para um hospital com urgência, meu filho.

Tento limpá-lo do jeito que consigo. Com um pano de prato molhado, limpo sua boca e retiro sua camisa suja de vômito. Pego uma blusa limpa e o visto com certa dificuldade. Seu corpo está mole e não reage. Meu pai continua com os olhos abertos, piscando, e com a respiração profunda.

Quando ouço a buzina do lado de fora, coloco a mochila nas costas e me preparo para pegá-lo no colo.

— Quer que chame o Augusto para te ajudar, meu filho?

— Não precisa, tia. Eu consigo.

Estava leve, bem mais leve do que imaginava que estaria. Como não há resistência da sua parte, carrego-o sem nenhuma dificuldade. Desço as escadas até o portão e o coloco no banco de trás do carro. Sento-me ao seu lado e apoio sua cabeça em meu ombro.

Fomos ao hospital mais próximo de casa, e, logo, ele foi internado. Não ficamos muito tempo sem notícias: disseram-nos que será transferido para um hospital no Centro da cidade. Tento buscar outra notícia, mas não me dizem nada conclusivo. O médico se limita a apontar que precisamos correr para que meu pai tenha alguma chance.

Quando estamos no segundo hospital, recebo a notícia.

— Seu pai está com câncer no estômago. Depois dos exames que fizemos, constatamos um tumor que já está comprometendo outros órgãos. A situação está bem grave, e precisamos intervir o mais rápido possível, senão...

— Ele vai morrer, doutor? — indago.

O médico apenas concorda.

Ligo para o meu chefe e lhe explico a situação e o motivo da minha falta. Ele diz entender e me libera, por dois dias, para dar atenção ao meu pai, como se dois dias fossem suficientes para resolver alguma coisa. Não digo nada e agradeço os votos de melhora.

O hospital fica menos movimentado à noite. Quando o levam para o CTI, decido pegar um ônibus de volta para casa, pensando no que faria no dia seguinte. A morte da minha mãe foi tão abrupta, que não soube digeri-la. Não precisei fazer absolutamente nada; era apenas um garoto, e todos tentavam me proteger da dor daquela perda. Agora, porém, sou o homem responsável pela saúde do meu pai, e isso me assusta.

Não olho para trás quando decido sair de casa em direção ao hospital. Compreendia que aquele era um mal por que eu precisava passar sozinho. Não podia ignorá-lo, como se nada estivesse acontecendo. O vazio pesava em meu coração, mas, em minha cabeça, isso parecia o certo. Era meu dever de filho. Mesmo que tenha sido um péssimo pai para mim, continuava a ser meu pai, certo?

Tudo o que sempre quis é viver. Nada além disso. Viver na plenitude da palavra, sem medos, sem receios, sem lágrimas por causa da minha existência. Queria me encontrar; queria sair do abismo em que me colocaram desde novo, em que *ele* me colocou. Só queria viver... Viver de cabeça erguida; poder sonhar sem ter o receio de me perder a qualquer momento.

Nunca fui forte. Nunca fui suficiente para ele. Sempre estive abaixo do esperava, pelo simples fato de ser *gay*. Sinto que, se tivesse a oportunidade, negar-me-ia como filho.

Cheguei ao hospital e me cadastrei como acompanhante. Era a primeira noite que ficaria com meu pai. Nas outras vezes, foram tios e, até mesmo, um primo ou outro. Meu pai era muito querido por toda a família, mas esperam que o único filho pudesse ficar com seu pai.

Fiz o que minha consciência julgava ser correto. Fiz pela minha mãe, que, muito provavelmente, acreditaria, também, que era o que eu deveria fazer. No fundo, bem lá no fundo, também fiz por ele, que, apesar de tudo, não merecia ficar sozinho em um hospital. Ninguém merecia isso.

Sou recebido por uma enfermeira. Ela sorri e suaviza o olhar quando me vê. Provavelmente, estava pensando que ele ficaria sozinho e sentia pena do velho que morria de câncer, abandonado pela família.

— Boa noite, tudo bem?

— Boa noite, sou o filho — digo. — Ficarei com ele essa noite.

— Estava mesmo me perguntando se alguém viria. Ele estava se sentindo um pouco mal. Então, receitamos um corticoide. Ele deve acordar em algumas horas, tudo bem? É sua primeira vez como acompanhante?

Anuo.

— De hora em hora, alguém vem vê-lo para saber como está se sentindo. Você pode ficar aqui se quiser. Se precisar ir à cafeteria ou ao banheiro, não tem problema, só pedimos que mantenha o silêncio.

— Tudo bem! Muito obrigado...

— Espero que ele fique bem logo e vença essa batalha... — Sua voz não me transmite muita segurança. Sento-me na poltrona no canto do quarto e percebo o quanto é dura.

Ele desperta algumas horas depois, um pouco desorientado por causa dos remédios. Dou-lhe um pouco de água. Quando olha para cima, percebe quem está à sua frente. Seu olhar muda, e ele dá um tapa na minha mão, fazendo com que o copo de plástico voe para longe.

— O que você faz aqui? — pergunta-me, ríspido, apesar de sua voz não ser mais a mesma.

— Vim ficar com você, querendo ou não — fazia anos que eu havia perdido o medo dele. Por ironia do destino, hoje sou mais alto e mais forte. Se fosse louco de tentar me agredir, provavelmente não conseguiria fazer nada, mas eu sentia, em seus olhos, que, se pudesse, ele me cobriria de porrada.

Ofereço-lhe água. Porém, mais uma vez, vira seu rosto em outra direção, recusando-se a aceitar qualquer ajuda minha. Mesmo não tendo nenhuma outra opção, não aceita um mísero copo de água se a mão provedora for a minha.

— Já que você não está com sede, vou sair para almoçar.

Ele se vira, novamente, em minha direção e cospe no chão. Queria me acertar, mas está tão fragilizado, que sequer consegue cuspir a alguns metros de distância. Cada dia a mais no hospital é uma tortura. Não apenas por causa do jeito com que vem me tratando, mas, também, pela forma severa com a qual se deteriora a cada dia, cada vez mais magro, cada vez mais abatido, cada vez mais fraco.

— Você não vai conseguir me expulsar daqui. Não adianta fazer essa birra toda, que continuarei ao seu lado, até você voltar para casa ou …

— Por que não me mata de uma vez? — Ele fala com mais dificuldade do que o normal. — Sabe que a última coisa que quero é você no meu leito de morte. Por que continua vindo aqui?

Não sabia como responder. Não tinha um motivo. Só achava que era o certo. Não era uma questão de querer, e, sim, de precisar; era uma necessidade inexplicável. Não poderia deixar meu pai sozinho. Não poderia deixá-lo e permanecer no conforto de casa.

— Você não vai me afastar, pai. É melhor se acostumar com isso. Até depois.

— A Ele, a glória... a Ele, a glória... a Ele, a glória... Para sempre, amém!

Quando abro a porta do quarto, o som ecoa pelos corredores, e sou envolto por várias vozes, que cantam, juntas, a música que cresci ouvindo. Reconheço duas tias e vários rostos comuns da época em que ainda frequentava a igreja, durante minha adolescência.

Em um primeiro momento, penso em fechar a porta e em voltar para o corredor, esperando que todos fossem embora. No entanto, sem razão alguma, simplesmente fecho a porta atrás de mim e me apoio no canto da parede. Quase ninguém percebe a minha presença. Quem percebe finge não me ver e continua *a louvar Deus*.

Observo meu pai em meio a toda essa cantoria e, pela primeira vez desde que cheguei aqui, vejo uma expressão serena em seu rosto. Um curto sorriso se forma em seus lábios, enquanto mantém os olhos fechados em oração. Pela primeira vez, também, sinto vontade de chorar, de me entregar a esse sentimento entalado dentro de mim, mas não me dou essa permissão e me mantenho forte.

A canção termina. Quando meu pai abre os olhos, olha diretamente para mim. Seu semblante, antes sereno e calmo, endurece-se, e seus lábios se comprimem naquela expressão severa. O homem que conheço volta ao normal, e a aversão dele por ter um filho *veado* volta a tomar conta de sua existência.

Todos ficam em silêncio. Parece que esperam por uma fala dele, que continua com os olhos fixos em mim, como se tentasse transmitir todo o seu ódio sem precisar de palavra alguma. Ele não precisava de palavras para expressar o que sentia por mim. Não necessitava de nada mais para que eu percebesse o quanto era odiado. Mas, obviamente, ele não se limita a isso. Sabia que eu entendia o recado, mas queria que todos naquele cômodo também ficassem cientes.

— Sabe, irmãos. Agora, eu entendo por que estou passando por isso. Eu fui fraco, confesso. Fui fraco na criação desse aí… — Ele gesticula em minha direção, e quem não tinha me visto entrar no quarto, agora, sabe onde estou. — Deus está me punindo. Sim, irmão. Isso é castigo de Deus. Igual ele castiga esses desviantes com a AIDS, ele está me castigando por ter tido um filho veado.

Ninguém diz nada. O silêncio de todos significa que, no fundo, concordam com a ideia louca que ele teve coragem de confessar em voz alta. Agora, culpa-me por estar morrendo de câncer; culpa-me por tudo de ruim que lhe aconteceu; culpa-me por, simplesmente, existir e falecerá me culpando por sua morte.

Dou alguns passos à frente. Tenho vontade de matá-lo por suas palavras e de acabar com isso de uma vez por todas. Acabar com o meu sofrimento por ter de estar aqui, com a pessoa que mais me odeia no mundo, cuidando de alguém que me quer morto. Alguém que resume a sua vida – ou o que restou dela – em função de abominar o filho homossexual.

Mas eu não chego a tocar nele.

— Sabe o que você não entende? — Ele me fita com ódio. — Deus te deu um filho *gay*. Ele me criou assim. O que está te matando é o ódio que você sente por mim. O ódio está te corroendo por dentro. Se estiver sendo castigado por alguma coisa, com certeza é por ser esse monstro que, infelizmente, me criou.

Saio do quarto, abandonando-os. Sinto todo meu corpo tremer, mas não me permito desabar na frente daquelas pessoas, que passaram toda a minha vida julgando-me, na minha frente, por minhas costas, pouco importando-se com como suas palavras me atingiriam, com como eu passaria a me odiar por opiniões outras. Aquelas opiniões não me contemplavam, não se somavam a nada na minha vida. Só quando estou dentro de uma cabine do banheiro, longe de todos os olhares, permito-me chorar.

Acordo, de forma abrupta, com o barulho alto dos aparelhos que o mantinham vivo. Antes mesmo de me levantar da poltrona dura, que tem sido minha cama nos últimos dias, o quarto é invadido por médicos e por enfermeiros, que o levam de volta à sala de cirurgia. Acompanho-os, apressado, mas sou impedido por um enfermeiro. Arrisco-me a descobrir algo na recepção do hospital, que não me transmitem notícia alguma.

Volto para o quarto em busca do meu celular. Sento-me, mais uma vez, naquela poltrona, que se tornou a responsável pelas noites mal dormidas, pelas inúmeras dores sentidas da lombar até o pescoço e pelo desconforto em todo o meu corpo. Neste momento, ignoro qualquer incômodo e foco meus pensamentos no que realmente importa.

Ligo o celular. Não consigo entrar em contato com ninguém. Graças à chuva recém-chegada, não há sinal. Deixo o aparelho de lado, porque meus pensamentos estão em outro lugar, em um cômodo não tão longe dali.

A chuva toma proporções de tempestade, e as luzes do quarto piscam duas ou três vezes. À medida que as fortes gotas batem à janela, sou envolto por um silêncio, que faz com que eu relembre a minha infância, os momentos em que desejava, acima de tudo, o silêncio que a chuva trazia para meu quarto, quando o barulho da tempestade era tão alto, que eu não podia ouvir nada além disso.

E, aqui, estou parado ao lado da janela entreaberta, admirando sua intensidade, ignorando toda a dor que poderia sentir por dentro, enquanto a esperança se esvai aos poucos. Queria ficar ali por horas, postergar, ao máximo, o que viria a qualquer momento. Por dentro, sabia que aquele seria o ponto final. Chegamos a mais um ponto final da minha vida.

Assim que abrem a porta e entram com toda a calma, pressinto o comunicado. Já recebi esse olhar. Conheço a fala afável e cheia de ressentimentos. Entendo a posição adotada pelo responsável por dar a *notícia ruim*. Volto minha atenção para a chuva. Ironicamente, o mundo chora a morte de meu pai, já que não fui capaz de derramar uma única lágrima.

Sinto como se uma parte da minha história estivesse sendo enterrada com meu pai, uma parcela de dor e de sofrimento que se vai, enquanto continuo vivendo em plenitude.

Enquanto o pastor dava seu sermão, jogando olhares furtivos para mim, não consegui deixar de focar o caixão.

— Irmãos, não queria falar nada, mas é hora de se arrepender dos seus pecados. Deus está me pedindo para falar que não irá mais aceitar aqueles que vivem no erro, que o tempo está próximo. Vocês, jovens, podem pensar que terão a vida inteira pela frente, mas Jesus está vindo. E ele virá com fogo!

— Glória! Aleluia! — Os presentes exclamavam durante aquilo que se tornou um culto. Parecia-me que tinham alvo certo aquelas palavras. Eu sentia os olhares fixos em mim, que, tais como os de tantos outros, julgavam-me, condenavam-me, pouco importando-se com o fato de eu enterrar meu pai naquele instante. Envoltos nessa porra de falsa superioridade por serem *crentes*, não se importam com a dor do outro; importam-se somente com o próprio ego, inflamado pela busca de novas almas não solicitadas por seu senhor.

Depois do sermão e de dois tios dizerem algumas palavras sobre meu pai, desceram o caixão, enterrando todos os sentimentos ruins destinados a mim. Por dentro, eu continuava a sentir um vazio. Enquanto todos se despediam de um homem íntegro e temente a Deus, eu, seu único filho, despedia-me de meu pai, da pessoa que mais me odiou em vida, das surras, das torturas. De todas as coisas ruins. Do grande algoz que fez parte da minha vida.

Assim que termina a cerimônia, todos começam a se organizar para sair do cemitério. Dou-lhes as costas e sigo na direção contrária.

— João, meu filho — chama a tia Mariza. Viro-me para cumprimentá-la. Ela me abraça fortemente e segura meu rosto com as duas mãos. — Nós te amamos. Espero que nunca se esqueça disso. Independente de qualquer coisa, continuamos sendo sua família.

Ela me solta e deixa algumas lágrimas rolarem pelo seu rosto. Abraça-me mais uma vez e se afasta. Não consigo dizer nada. Gostaria de ser capaz de dividir meus sentimentos, de expressar qualquer coisa, mas prefiro o silêncio e continuo andando sem olhar para trás.

Quando estou sozinho, tiro algumas rosas da minha mochila e caminho até o túmulo da minha mãe. Deposito-as perto da sua lápide e, então, permito que uma única lágrima caia.

— Sinto sua falta, mamãe.

Parte 6
REMONTA

Seria essa a tão desejada liberdade sonhada durante todos os anos que passei escondido sob as cobertas, no meu quarto escuro, longe de todos, de qualquer olhar que pudesse me trazer algum julgamento? Durante todos esses anos, vivi na esperança, por menor que fosse, de que meus pensamentos criassem vida própria e se tornassem livres.

Quantas vezes desejei ficar sozinho? Quantas vezes desejei sair pela porta e nunca mais voltar? Quantas vezes desejei fugir do meu pai, da igreja, da minha própria vida? Não me recordo de todas as vezes em que meus pensamentos se voltaram para minha tão sonhada liberdade. Agora que estou livre, não me sinto bem assim.

Sinto-me preso a ele. Preso à casa, às lembranças, ao sofrimento, à vida que, por tanto tempo, menosprezei e odiei. Mesmo estando sozinho; mesmo podendo fazer qualquer escolha daqui em diante, o vazio ainda fala aos meus ouvidos, trazendo-me de volta para minha realidade imutável.

Sento-me no sofá, com as pernas cruzadas, segurando um copo grande de guaraná natural em uma das mãos, enquanto busco, na TV, algo legal para assistir. Perco a noção do tempo em que fico buscando quando ouço minha tia me gritar.

Ao abrir a porta, ela me lança aquele meio sorriso ressentido.

Quando sabemos que podemos voltar a sorrir após a morte de um pai, após a morte de um ente querido? Não sei dizer, mas, também, forço um meio sorriso e recebo, com gratidão, um pedaço generoso de bolo de cenoura.

Pego uma colher limpa, volto para o sofá e começo a comer em silêncio. Esqueço-me de procurar um filme e decido me entreter com o bolo e com o refresco. Quando termino de comer, deixo o pote e o copo no chão e me estico no sofá.

Quando minha mãe era viva, odiava que alguém se deitasse no sofá.

— *Não vai estragar meu sofá, menino* — dizia, em tom de reprovação, sempre que me via assistindo a desenhos deitado.

Quando meu pai era vivo, e minha mãe já havia partido, ele pouco ligava para isso e passava noites e mais noites deitado ali, com latinhas de cerveja largadas pelo chão, com garrafas de vinho vazias ou com qualquer outra bebida mais forte. Ele dizia:

— *Não me perturbe, moleque. Vá pro seu quarto!*

Eu ia em silêncio e me trancava no meu quarto. Era a forma de me sentir um pouco seguro nessas noites nebulosas.

E, agora, estou aqui, deitado no mais absoluto silêncio, trazendo à memória meus pais outrora vivos. No entanto, o tempo passou, e, com o tempo, perderam-se, e apenas eu continuo aqui. Vivo, abalado, sem uma direção clara para onde seguir, sem saber o que fazer a partir de hoje.

Tento simular um sorriso, mas acabo soltando uma lágrima.

Antes que eu desabe, rendendo-me aos meus sentimentos, eu apago e passo a tarde de domingo dormindo, perdido nos meus sonhos. O mundo real está cruel demais, e o melhor a ser feito é me distanciar, o máximo que for possível, da realidade, apesar de não ter certeza de que meus sonhos serão mais acolhedores do que a minha vida real.

Quando acordo, já no início da noite, decido arrumar todas as minhas coisas para o dia seguinte. Após o trabalho, terei a primeira aula na faculdade, de modo, para ser liberado no horário necessário, não poderei chegar atrasado.

Passo o dia ansioso, na expectativa da nova fase da minha vida. Penso em como será, novamente, minha vida dentro de uma sala de aula. Diferentemente do que acontecia na época da escola, estou no controle da minha vida. Tenho total controle das escolhas que farei; do meu futuro; dos meus sonhos, dos meus objetivos e dos meus planos. Estudarei não por obrigação, mas por algo que admiro. Daqui a alguns anos, poderei me tornar um profissional de renome e ser mais valorizado do que um livreiro.

Atravesso as ruas do Centro rapidamente, após sair do metrô. Caminho entre as pessoas, esbarrando em um ou outro que andava um pouco mais devagar. Grito um pedido de desculpas sobre o ombro e continuo em meu caminho.

Quando chego à sala, a aula deveria ter começado há cinco minutos, porém, assim que entro, percebo que o professor de Teoria do Jornalismo não chegou e, então, consigo respirar com um pouco mais de calma.

A sala é bem maior do que as da época de escola e deve ter cerca de cinquenta cadeiras. Sento-me na terceira fileira, tiro os fones do ouvido e começo a observar os outros alunos que estão ali.

Alguns estão quietos, concentrados em seus celulares, com um livro à mão. Outros formam pequenos grupos e conversam tranquilamente. Pergunto-me se já se conhecem ou se estão fizeram amizade de última hora.

Todos são futuros jornalistas, comunicadores. Todos deveriam ser bem articulados simpáticos, comunicativos etc. Mas eu não me sinto assim. Vejo-me mais como o ponto fora da curva, como sempre me vi.

Decido rodar o *feed* do meu *Facebook* até o professor chegar à sala de aula e tomar toda a atenção para si. Antes de começar a aula de fato, mais alguns alunos entram em sala, incluindo um rosto que reconheço do dia da minha matrícula.

Não me recordo do seu nome, mas me lembro do sorriso largo e simpático que emoldura seu rosto. Seus *dreads* balançam, livres, e ele anda com a segurança de um veterano. Veste uma camisa branca que me chama atenção pela frase estampada.

"Um sorriso NEGRO
traz felicidade!"

Olha para mim e sorri. Só então me dou conta de que estou sorrindo para ele e volto a me fechar. Senta-se na carteira ao meu lado e se vira para dizer algo, mas o professor começa a falar da sua matéria, e precisamos prestar atenção.

Meu coração já está acelerado. Não consigo prestar muita atenção à aula. Meus pensamentos estão no cara sentado ao meu lado. Seria só coisa da minha cabeça? Será que sorriu para mim? Será que estou, simplesmente, imaginando isso? Será que apenas foi simpático com seu "parceiro" negro de uma turma de maioria branca e não tem outro interesse por mim? É óbvio que está sendo simpático! *Ele não é gay*. Mesmo se fosse, provavelmente não se interessaria por mim.

Esse seria um sonho impossível.

A aula termina mais rapidamente do que pude perceber, já que fico um bom tempo divagando sobre o cara sentado ao meu lado. Não foi difícil pensar que voltara para o Ensino Médio, quando as paixonites começavam assim. Do nada. Sem motivo. Tão incompreensíveis que eu não poderia dizer o que de fato eram.

Sempre busquei meu grande amor. Sempre fui daqueles românticos incuráveis que choram com um filme cujos mocinhos se casam, apaixonados, no fim. O sonho de um amor genuíno, daqueles de cuja existência ninguém duvidaria. Sempre busquei um final feliz, que apenas encontrava em meus sonhos. A realidade era o total oposto daquilo que flutuava em minha mente.

Não fui criado para ser o amor de alguém. Estou longe de ser a pessoa por quem os outros caras se apaixonam, de ser um alvo de admiração, de ser o sonho de um amor tranquilo, um grande amor. No máximo, as pessoas viam em mim uma foda rápida, escondida dos olhos de todos, mantida com um máximo de segredo. Alguém sentiria orgulho de me ter ao seu lado?

Não este colega de turma, certamente.

Os alunos vão saindo da sala; alguns, com pressa, e outros, com mais vagar. O rapaz se levanta e anda apressadamente. Espero e guardo o caderno, que ficou quase intocado, já que não escrevi uma linha do que o professor disse.

Retiro meu celular do bolso e vejo onde é a sala da segunda aula. Sou o último a deixar a sala e vou olhando tudo, procurando o lugar certo. Quando chego ao corredor principal, vejo-o com um grupo de amigos. Ele dá uma gargalhada, que chega aos meus ouvidos quase como uma música. Observo, mais uma vez, sua beleza. Se eu fosse bonito como ele, teria, com certeza, vários caras aos meus pés. Mas não sou como ele. Ele é um preto bonito. Daqueles que aparecem em novela. Um modelo. Alvo de todos os olhares. O tipo de homem que é desejado por qualquer pessoa.

Já eu? Sou o total oposto, com certeza. Se meu amor fosse um livro, estaria abandonado em um sebo. Largado lá no fundo, nas últimas prateleiras, onde nem mesmo os mais desbravadores conseguem alcançar.

Passo pelo seu grupo sem olhar para o lado e caminho até as escadas, para ir ao segundo andar do prédio da faculdade. Minha aula seria na sala 202, e a fila para os elevadores está bem cheia.

— João! — alguém chama meu nome, e eu me viro. Sua voz é grave e me causa arrepios por todo o meu corpo. Vejo-o caminhando até mim.

— Ah, oi.

— Oi...

Ele está sorrindo para mim.

Ele se lembra do meu nome.

— O que achou da sua primeira aula? É sua primeira aula, não é?

— É sim... Foi legal. Agora, vou ter Marketing.

— Marketing, fiz no primeiro período.

— Ah, você não é calouro?

— Não, não. Estou no quarto período. Mas a distribuição de matérias daqui é uma loucura. Já fiz matérias no sétimo período e, ainda, estou devendo umas do primeiro e do segundo. Mas faz parte. Você vai perceber isso com o tempo.

— Entendi…

— A gente se vê por aí, então… — Ele diz, e eu penso no que falar, mas minha timidez não me permite. Vou em direção à escada. — Até mais, João.

— Ah, desculpa…

Ele volta para perto da escada. Estou dois degraus acima da sua cabeça, e ele me observa com expectativa, ainda sorrindo.

— Qual é o seu nome mesmo? Desculpa, eu me esqueci.

— Sem problema, cara. Dificilmente alguém se lembra dele de primeira.

— Sério?

— Sim, sim. Quantos Akin você conhece?

— Provavelmente…

— NENHUM! — Ele ri. — Exatamente! Minha mãe caprichou no meu nome. A sorte é que eu adoro!

— Que bom, então… agora, posso me despedir direito. Tchau, Akin.

— Até mais, João.

A sua voz fica ecoando em minha cabeça durante toda a segunda aula. O jeito como sorriu para mim, cada mínimo detalhe preenche cem por cento dos meus pensamentos. Tudo o que quero é ter uma chance com ele. Pego meu celular no meio da aula e pesquiso seu nome no *Facebook*. Erro nas primeiras tentativas de descobrir como se escreve e me surpreendo por ser o primeiro perfil que aparece quando acerto seu nome.

A foto de perfil é convidativa. Ele, sorrindo um sorriso aberto, feliz, em uma quadra de samba. Usando uma blusa social branca e verde. Os *dreads* presos em um coque no topo da cabeça. Tem aquele tipo de sorriso que preenche todo o rosto. Desde os lábios abertos, mostrando lindos dentes alinhados, até os olhos, que se fecham um pouco com seu sorriso.

O perfil é composto de fotos suas e por vídeos em que dança uma música com batuque que não é samba. Pelo menos, é diferente do samba de carnaval. Há, também, postagens empoderadas sobre negritude e várias críticas ao governo atual.

Quando vou descendo as escadas, olhando o perfil, nem me dou conta de que passo por ele mais uma vez. Percebo sua presença somente quando ouço o meu nome. Ele está sentado em um banco, com um livro na mão. Sua mochila está ao seu lado. Agora, não está com seus amigos.

— E aí, como foi a aula de Marketing? — ele guarda o livro da mochila enquanto se aproxima de mim.

— Foi bem legal, acho...

— Essa resposta foi meio evasiva — ele ri, e tento acompanhar sua risada. — Tem mais alguma aula hoje?

— Tenho não. Já estou indo para casa.

— Que ótimo! Eu também estou. Você pega o metrô?

O primeiro pensamento que me vem à mente é que está interessado em mim. É estranho que esteja ali, aparentemente esperando-me. Está perguntando como vou embora. Claramente, tudo é uma perfeita ilusão causada pela minha mente. Com certeza, a maioria dos alunos pega metrô para ir para casa. É o mais rápido para muitos.

— Vou, sim. Eu moro na Baixada … — deixo escapar com um pouco de receio, mas Akin está longe de ser um daqueles caras mesquinhos da Zona Sul.

— Eu moro em Vicente de Carvalho. É quase na Baixada. E já morei um tempo em Nova Iguaçu.

Caminhamos em direção ao metrô e descemos até a plataforma, para esperar nosso trem.

Como de costume, o metrô chega cheio, mas conseguimos ficar em um canto distante da porta. Porém, passadas duas estações, quase não há mais lugares disponíveis, e, quanto mais pessoas entram na Central, mais Akin se aproxima de mim.

Foco seus lábios, que estão entreabertos, e seu sorriso se mantém fixo nos lábios carnudos. Tento olhar nos seus olhos e percebo que sua atenção está em mim. Sinto meu rosto se esquentar e desvio o olhar.

Estamos muito próximos, mas sinto que minha mente está tapeando minha visão. Estou imaginando coisas, estou vendo desejo em seus olhos. Vontade em seus lábios. A sensação de aproximação é maior do que, de fato, é.

Mas não. Ele está próximo de mim, do meu corpo, dos meus lábios. Sinto sua respiração. Nossas mãos se tocam em alguns poucos momentos. Um arrepio toma conta de todo o meu corpo. E um desejo inexplicável vem aumentando gradativamente.

— Qual é o seu sonho, João? — pergunta Akin. Sua voz é grave e baixa, mas sinto certo carinho em sua fala. Um interesse genuíno por mim. Por o que tenho a dizer.

— É... Hã... — Não sei o que dizer. Tento me concentrar em sua pergunta. É difícil manter a concentração em qualquer outra coisa. Digo o que me ocorre em primeiro lugar: — Conseguir um bom trabalho, eu acho...

— Isso é um sonho ou um objetivo? — Volto a encará-lo.

Seus olhos são acolhedores, e sinto certo afeto na forma em como me encara. — Tipo... sonhos nos movem, não é? Não é só um emprego legal, um salário bom, uma possibilidade de viajar. Tô perguntando sobre o que move a sua vida. Por que escolheu fazer Jornalismo?

Penso, por alguns segundos, no que responder.

Nunca alguém fez uma pergunta tão íntima, demonstrando tanto interesse por mim. Tão abrupto, tão encantador. Busco em minhas lembranças: o que me move? O que fez com que eu não desistisse durante todos esses anos? Qual é o meu sonho mais intrínseco? Senti como se estivesse sendo visto pela primeira vez em toda a minha vida; visto de verdade, completamente e, talvez, da forma mais profunda.

Obviamente, sei a resposta, mas nunca reuni coragem suficiente para dizê-la em voz alta.

— Eu sou escritor — digo mais para mim do que para ele. — Meu maior sonho é publicar um livro.

— Esse é um sonho; esse é o seu sonho. E é legítimo. Com certeza, adoraria ler seu livro um dia.

Ele abre um sorriso mais uma vez. Mais largo, mais acolhedor, mais apaixonante. Na minha mente, tento gritar, negar o sentimento que começa a me invadir. Porém, tudo em que consigo pensar é *SIM, SIM, SIM!*

— E o seu sonho, Akin? — indago.

— Tornar o mundo menos racista. Essa é minha meta de vida. Como diz Djonga, *"Fogo nos racista"*!

Eu deixo uma risada escapar.

Ele fala sobre seus outros períodos da faculdade, dos professores, dos trabalhos. Fico, durante a maior parte da conversa, envolto em um clima bom. Esqueço-me de toda a minha vida naquele momento. Akin é um cara totalmente diferente de mim. Fala com segurança, transmite uma paz que me deixa ainda mais encantado.

A voz eletrônica anuncia *Vicente de Carvalho*. Só então, dou-me conta de que vamos nos separar. Não vamos para a mesma casa, muito menos para a mesma cama. Não dividimos uma vida juntos. Não temos nada, apenas o início de uma provável amizade.

Uma coincidência, nada mais.

— Sua estação tá chegando. Pelo menos, você mora perto daqui. Ainda tenho um caminho longo para casa.

— Ah, sim… — sinto seu olhar vacilar por um momento. Seus ombros se relaxam. — Então… Eu meio que menti pra você.

— Como assim?

— Tô tentando explicar de um jeito que não pareça estranho.

— Esquece isso, porque já tá — falo da forma mais tranquila que consigo, curioso para saber o que quer me dizer. Será que essa aproximação não foi apenas uma divagação da minha cabeça?

Ele sorri.

— Eu não moro em Vicente de Carvalho. Moro em Madureira. Só disse isso para pegar o metrô contigo e te conhecer melhor. Agora, vou ter que esperar o BRT ou pegar um *bus*. Mas não tem problema.

— Ah.

— Tchau, João. Não me ache estranho. Eu só… *gostei de você*.

A porta do metrô se abre, e ele se despede com um aceno. Tento passar pelos passageiros e consigo sair antes de a porta se fechar de novo. Meu coração se acelera. Sinto um tremor tomar conta do meu corpo. Penso na loucura que estou fazendo ao criar falsas expectativas.

Mas ignoro todo o medo, toda a insegurança e caminho até ele. Akin já colocou os fones de ouvido e mexe no celular, distraído, indo em direção à saída. Então, olha para trás e me vê. Esboça aquele largo sorriso para mim. Dá dois passos em minha direção e retira os fones. Algumas pessoas passam por nós, e a estação fica vazia.

— O que você está fazendo, João?

— Uma loucura.

Eu me aproximo e toco seus lábios. Não preciso de permissão. Ele já me consentiu, convidou-me. Do seu jeito, levou-me para mais perto, aproximou-se e me encantou. Ele não se afastou, não desviou o olhar. Permitiu que eu chegasse mais perto. Sem pressa, vou me aproximando, e vamos nos tornando mais íntimos, até que meus lábios tocam os seus. Sua mão pega em minha cintura, e sou puxado para mais perto. Nossos corpos colidem, encaixam-se, dividem um mesmo espaço. Nosso beijo explora o melhor um do outro.

Sinto seus lábios carnudos conversarem com os meus de uma forma que nunca havia experimentado, como se tivesse beijado uma pessoa pela primeira vez. Com certeza, o jeito com que nos beijamos é único. Nunca, em toda a minha vida, tinha experimentado algo assim. O carinho, a troca. Tudo é caridoso, sentimental. Não temos pressa. Temos tesão, mas não se trata somente disso. Há, também, um sentimento diferente; um sentimento que busco desde meu primeiro beijo; um sentimento que, outrora, nunca fui capaz de encontrar.

Parte 7
AFETO

O sol aquece todo o meu corpo e fico um pouco aéreo com o clima bom do fim de agosto. Não fazia tão frio; muito menos, o calor insuportável do verão. Sinto uma sonolência e poderia dormir tranquilamente aqui. Sinto-me acolhido e seguro.

Sinto sua mão entrelaçando-se à minha e percebo seu corpo deitando-se no lençol, ao meu lado. Viro-me em sua direção, fugindo da luz do sol, para observar seu rosto. Ele sorri para mim. Inclino o corpo até alcançar sua boca e lhe entrego meu melhor beijo.

Não tenho pressa de beijá-lo. Não tenho medo de demonstrar o que estou sentindo por ele. Não tenho medo de dizer, sem precisar de palavra alguma, como tem se tornado especial para mim. Palavras não necessárias; não é necessário formar frase alguma, uma vez que estamos tão entrosados, dividindo esse sentimento bom, sereno, apaixonante.

Não me importa que estejamos no meio do parque da Quinta da Boa Vista. Não ligo se alguém vir dois garotos beijando-se. Não tenho medo de demonstrar o que vivemos, o que experimentamos. Nem nos meus mais ousados sonhos, poderia dizer que vivi isso.

É um sentimento tão bom o que sinto por dentro! Algo muito além do simples prazer. Algo que busquei por muito tempo, até chegar à fadiga. Até que, então, cansasse de esperar e aceitasse não ser a versão do amor de outra pessoa. Não ser o alvo de mais do que um simples desejo ou um tesão momentâneo. Algo além, o amor, sentido, dividido, compartilhado.

Então, surge Akin neste momento. Seus sentimentos gritam o tempo todo. E sinto todo o seu afeto, todo o seu carinho. E minha visão sobre o amor muda. E toda minha conjectura se transforma. E eu me torno uma versão diferente de mim mesmo. Uma versão que eu mesmo sabia que existia. Algo começa a transbordar de dentro de mim, e, pela primeira vez em toda a minha vida, sinto-me verdadeiramente amado.

— Você tem que parar de me beijar assim, João. — Ele diz. — Pelo menos, não em lugares públicos.

— Tudo bem, tudo bem. Não te beijo mais.

Viro-me para o lado e coloco a mão no rosto para cobrir os raios de sol que incomodam minha visão. Afasto-me pelo simples prazer de beijá-lo outra vez. E ele me puxa novamente e sela seus lábios com os meus por poucos segundos. E se afasta mais uma vez. Seus *dreads* estão caídos para o lado, e ele apoia a cabeça com uma das mãos, fitando meus olhos.

Deixo meus pensamentos me guiarem e fico em silêncio por alguns minutos. Sinto o carinho que faz em minha mão. Vejo seus olhos focados nos meus. Observo cada mínimo detalhe em seu rosto. Seu nariz, seus lábios, suas sobrancelhas. As poucas marcas de espinhas. E penso que nunca estive tão íntimo de alguém antes. Nunca tive um momento assim. Não são apenas seus beijos que me aquecem de uma forma única; é ele, por completo, em cada mínimo detalhe.

— Em que você está pensando? — indaga.

Reflito sobre o que responder e decido ser sincero.

— Nunca tive um encontro assim. Nunca fui desejado desse jeito antes, e isso está mexendo comigo. Nunca me chamaram para ficar em um parque a céu aberto. Ter algo além de sexo, acho. Algo com que eu me sentisse...

— Amado?

— Sim, mas também algo que pudesse me trazer certa normalidade. É uma merda ser *gay* e ainda ser negro. As pessoas não estão propensas a nos amar.

— Olha, João. Devo discordar de você. Tá certo que o mundo é foda. Mas será que você não procurou nos lugares errados? Você é lindo. Achei isso desde aquela vez que te encontrei durante as férias. E você não é culpado pelo que os outros veem. Mas você é responsável pelo que você vê!

Não digo nada.

— Teve uma época que fui bem idiota. Estava no primeiro período da faculdade. E foi bem complicado por estar em um ambiente em que a maioria das pessoas eram brancas e com grana. Eu só era um negro de Madureira com um nome diferente. Mas fiquei com alguns garotos. Até me apaixonar por um que se achava superior a mim só por morar na Zona Sul com uns amigos também ricos. Aquele momento foi o momento que menos me amei e mais amei outro. No final, eu só me feri. Porque tudo o que fazia era tentar chegar ao 'falso' patamar daquele garoto. Tudo que fazia era para impressioná-lo. Até ele me trair com outro, e eu perceber que ele não me merecia. Aquilo a que eu estava me prestando para ficar com ele estava roubando os melhores anos da minha vida. Então, "liguei o foda-se".

— Eu não esperava por isso...

— Eu também não esperava. Ainda mais com a família que tenho. Nunca tive problemas com aceitação. Nem com minha sexualidade, muito menos com minha negritude. Desde então, me empoderei. E fiz a promessa que não aceitaria menos que o amor verdadeiro para mim. O que seria o amor senão um ato de resistência?

Chegamos cedo à faculdade, já que, naquela tarde, tive uma folga, o que me possibilitou passar o dia com Akin na Quinta da Boa Vista. Não prolongamos estendemos o encontro à noite e fomos assistir às aulas. Ainda estávamos no primeiro mês e não queria perder nada das matérias. Ele entendeu meu pedido e, também, foi para suas aulas.

Hoje, sou eu quem sai cedo e o espera para irmos embora juntos. Sinto meu coração bater mais forte todas as vezes em que o vejo, quando trocamos uma foto aleatória ou uma simples mensagem de texto. Minha perspectiva de vida mudou, e estou gostando dessa mudança.

Caminhamos em direção à saída da faculdade, e digo que iremos de ônibus. Ele tenta contestar, mas argumento que há várias opções de Madureira para minha casa. Ele concorda em silêncio, e seguimos em direção ao ponto de ônibus.

— Esperou muito? — pergunta quando pegamos o ônibus.

— Claro que não. Esperaria você pelo resto da noite.

Inclina-se em minha direção e me dá um rápido beijo. Mal tocamos nossos lábios, e alguém grita um xingamento. Viro-me, quase automaticamente, na direção de que ouvimos o grito e me deparo com um homem branco, de meia-idade, olhando-nos com uma expressão fechada.

Eram perceptíveis o ódio e a repulsa em seu rosto. Estava em pé, próximo a nós dois.

— Até quando vamos ficar ouvindo isso? É um saco — digo baixinho, perto do ouvido de Akin. Decido ignorar o homem e voltar minha atenção para o que me importava realmente.

— Não liga para isso. O melhor que temos a fazer é ignorar esses malucos.

— Isso mesmo, bichinhas. Fiquem bem quietos, que ninguém quer ficar vendo veadagem aqui, não.

Akin tenta me segurar, mas, antes de conseguir me deter, avanço para cima do cara. Dou um soco na sua boca. Ele revida com outro soco, fazendo meu nariz arder.

Os outros passageiros entram no caminho, separando a briga, e Akin me puxa para longe. O motorista para quando o cara tenta avançar para cima da gente, sem parar de nos xingar.

— Seus filhos da puta! Vão dar a porra do cu na zona de onde as mães de vocês saíram. Ninguém é obrigado a ver veadagem dentro do ônibus, não!

Akin me solta e fica entre mim e o cara, que não para de xingar em alto volume. Alguns passageiros pedem que saia, porém ele diz que não descerá. O motorista para o ônibus em um ponto, e Akin parte para cima do cara.

— Agora, você vai descer, senhor.

— Quem vai me obrigar? — indaga com um sorriso no rosto. — O boiola aí?

— Vai descer, motorista! — Akin grita, e o motorista não faz menção de que sairia do lugar. O homem é quase carregado para fora do ônibus. Mesmo tentando agredir Akin, não consegue, por ser magrelo e bem mais fraco.

Algumas pessoas nos aplaudem quando o ônibus retoma seu itinerário; agora, sem a voz irritante do homem.

— Cara, você tá sangrando...

Passo a mão no meu nariz e percebo que algumas gotas começaram a escorrer.

— Tá tudo bem, sério.

— Acredito em você, mas é melhor minha mãe dar uma olhada. Tudo bem pra você?

Concordo com a cabeça. Meu coração começa a acelerar. Nunca imaginei que chegaria a conhecer a mãe de algum garoto com que estivesse ficando. Ainda me sinto estranho por estar em um tipo de relacionamento com outra pessoa. A forma como Akin naturaliza isso, como naturaliza nós dois é inacreditável.

Akin mora em uma vila, em Madureira. Precisamos atravessar a estação de trem e andar por duas quadras depois de uma praça para chegar a sua casa. A casa era verde e tinha uma varanda bem grande, com várias plantas e com duas bicicletas apoiadas na parede. A porta da sala estava aberta. Do cômodo, vinha uma música com um batuque diferente.

Assim que entro, vejo um tambor marrom próximo à porta. A sala era bem espaçosa e continha dois sofás e algumas poltronas. Era daquelas casas mais antigas, com cômodos bem grandes. Não havia ninguém ali, mas, junto com a música, conseguíamos ouvir uma voz feminina um pouco rouca.

— Pode entrar, João.

Não tinha percebido, mas não saí do batente da porta, observando cada detalhe da casa de Akin, observando como era clara e transmitia alegria. Não sei se era pela música, pela voz bonita ou pela decoração, colorida e clara. Era um lugar chamativo. Imagino como seria bom morar ali. diferentemente do que acontece com a minha casa, com suas paredes brancas e sem vida, repleta de lembranças ruins.

Dou mais alguns passos em direção a Akin e me sento no sofá, enquanto ele entra no corredor e chama sua mãe. Não demora dois segundos, e voltam juntos. Ela segura uma bacia com água e um pano branco.

— Meu filho, o que houve? — pergunta.

Akin não era parecido com ela. Provavelmente, lembrava o pai, ao contrário de mim, que era uma cópia quase fiel da minha mãe.

— Um babaca ficou xingando a gente no ônibus. Só por causa de um beijo — explica Akin à sua mãe. Sinto meu rosto esquentar de vergonha. Não consigo imaginar uma realidade em que eu falasse para minha mãe que beijei um garoto, ainda mais se esse garoto estivesse sangrando.

— A culpa foi nossa também... — Tento me manter firme, mas minha fala sai tropegamente. — Não devemos nos beijar em público.

— Por que não devem, querido? Aposto que nem foi um beijo de verdade.

— Sim, foi um selinho, apenas — confirma Akin.

A mãe de Akin se senta ao meu lado e passa o pano molhado no meu rosto, limpando o sangue, que, agora, está ressecado. Sua mão, apesar de delicada, é firme, mas não me causa nenhuma dor.

— É claro que vocês precisam tomar cuidado, digo isso sempre a Akin. Mas vocês não devem se esconder. Não devem esconder quem são. E, se vocês quiserem demonstrar o carinho que sentem um pelo outro, isso é legítimo. Mais legítimo até do que duas pessoas que se beijam por se beijar, entende?

Ela termina de limpar meu nariz e começa a examiná-lo. Sinto um pouco de dor, mas não é nada insuportável, e recebo a notícia de que não está quebrado. Respiro com alívio quando ela volta para a cozinha.

Akin se senta ao meu lado e apoia a mão na minha coxa. Aos poucos, aproxima-se de mim e me dá um beijo no rosto. Depois, aproxima-se mais, colocando uma perna sobre a minha coxa e encaixando seu corpo no meu. Então, segurando meu rosto com delicadeza, deixa seus lábios entreabertos tocarem os meus.

Beijamo-nos profundamente. Esqueço-me de tudo: da dor, dos medos, de qualquer receio. Perco-me em seu beijo e sou envolvido por seu corpo de uma maneira única. Sinto um alívio, uma calma inexplicável e só me afasto por outros desejos tomarem meu corpo no momento. Um desejo carnal que me consome a cada dia mais. Contudo, sou tomado, também, por um sentimento bom e tão puro quanto uma primeira paixão. Apesar de todo o tesão, meu corpo também clama por esse afeto. Esse cuidado que sempre soube precisar, mas que sempre me foi negado; quando não por outros, por mim mesmo.

— Eu tô feliz em ter conhecido você...

— E eu pelo seu jeito impulsivo. Se não fosse isso, talvez não tivéssemos conversado, apesar de ter achado você bonitinho de primeira.

— Só bonitinho?

Olho para ele seriamente, que me retribui com um olhar indagador. Logo, deixo uma risada escapar. Então, ele empurra meus ombros.

— Besta!

Voltamos a nos beijar, mas, desta vez, fomos interrompidos pela mãe de Akin. Tento me ajeitar no sofá. Akin não colabora e continua com a perna sobre minha coxa. Chamo sua atenção discretamente. Ele apenas ri para mim e me ignora. Busco não transparecer meu recente nervosismo. O jeito com que a mãe dele sorri para mim faz com que me sinta acolhido.

— Está se sentindo bem, querido? Eu nem me apresentei. Fiquei nervosa com seu nariz e esqueci minha educação. Me desculpe, viu?

— O culpado fui eu, também peço desculpas pela indelicadeza.

Levanto-me, empurrando a perna de Akin para o lado com certa brutalidade, e me aproximo de sua mãe.

— Muito prazer, meu nome é João.

— Já sei seu nome, filho. Akin não para de falar sobre você.

Eu sorrio.

— Ele também fala muito da senhora, dona Núbia.

— Aqui, nesta casa, não aceitamos nem senhora nem dona e nada que me lembre que não sou mais uma moça de vinte e poucos anos, tudo bem?

Concordo.

— Agora, vamos jantar, que estou morrendo de fome.

— Sinto muito, mas preciso recusar o convite. Eu moro um pouco distante daqui, e tá ficando bem tarde para eu pegar o ônibus.

— Que é isso, menino! Você pode dormir aqui sem problemas e ir embora amanhã de manhã.

— Não posso abusar da sua hospitalidade, por causa de tudo que já fez por mim.

— Nesta casa, é falta de educação recusar um convite. Ainda mais quando vem da sogra.

Eu olho para Akin, que dá apenas de ombros, sorrindo. Como me vejo sem saída, e, realmente, seria muito mais fácil dormir ali do que ir para casa, aceito o convite, agradecendo algumas vezes, enquanto elogio a comida. Conversávamos sobre a vida de Akin.

Quando terminamos de jantar, arrumamos a mesa e lavamos toda a louça que utilizamos. Núbia foi para seu quarto, dizendo-se cansada, mas acredito que a sua intenção era nos dar espaço. Depois de lavarmos a louça, Akin me leva para seu quarto e separa uma muda de roupa para eu usar depois do banho. Antes de me mostrar o banheiro, puxa-me para a cama, e voltamos a nos beijar com toda a intensidade que a privacidade do seu quarto nos permite.

Deixo a água quente relaxar meu corpo, enquanto minha mente flutua para momentos anteriores no cômodo ao lado. Ainda consigo sentir seu toque no meu corpo, seus lábios colados aos meus, sua respiração contra a minha. O sentimento bom que me preenche de todas as maneiras possíveis. Cada mínimo detalhe de como Akin mexe com meu corpo faz com que fique excitado. Meu corpo não se desliga. Minha mente pensa mais e mais naquele cara de *dreads* e em como perco o fôlego enquanto nos beijamos.

Um sorriso sincero se fixa em meu rosto. Sei que tudo o que estou sentindo neste momento é o mais sincero de que sou capaz. Há um carinho e uma cumplicidade maiores do que consigo explicar, mais profundos do que posso mensurar e, com toda a certeza, mais intensos do que qualquer que já vivi. A vontade de voltar para seu quarto, para ele, é tão grande, que me apresso no banho. Antes de fechar o chuveiro, viro-me e vejo Akin parado, olhando-me. Está perto da porta e sorri de um jeito que faz todo meu corpo se despertar ainda mais.

— Você esqueceu a toalha — diz.

— Ah... você pode me dar aqui se quiser. — Não penso duas vezes antes de fazer o convite. Ele tira sua roupa sem pressa, mantendo seus olhos fixos nos meus. Abre o boxe e entra embaixo do chuveiro comigo.

Sinto seu braço envolver minha cintura e sou puxado para perto do seu corpo. De volta a seus lábios, esqueço-me de tudo, focando apenas o nosso desejo, enquanto ele explora meu corpo, e eu, os dele. Entrelaçados um no outro.

Vou conhecendo mais o corpo de Akin. Com os lábios, exploro cada centímetro da pele negra, dos músculos proeminentes, da barriga lisa, do membro rijo. Envolvo-o com meus lábios, colocando-o, aos poucos, dentro da boca. Ouço Akin deixar escapar alguns gemidos. Experimento mais dele, mais do seu corpo, mais do seu sexo.

Desligamos a água, mas não nos desgrudamos. Sinto seus lábios percorrerem meu pescoço, descendo até meu ombro, passando pelo meu peito, jogando correntes elétricas para todas as partes do meu corpo, fazendo com que eu me sinta vivo, ainda mais vivo. Desfrutamos de cada toque, que, por dentro, ganhava proporções de uma grande tempestade.

Saímos do banheiro e vestimos poucas roupas. Akin segura minha mão e me conduz, em silêncio, para seu quarto. Assim que entramos, mal fechamos a porta do seu quarto, e o cara volta a me beijar, jogando meu corpo contra a parede, ao mesmo tempo em que pressiona seu próprio corpo contra o meu.

Sou levado, aos poucos, para a cama. Sem pressa, despimo-nos novamente. Akin volta a beijar todo o meu corpo, com os únicos intuitos de me dar prazer e de explorar cada parte de mim. Deixo-me ser levado pelo misto de sensações e de arrepios, que, até então, desconhecia. Ao explorar meu sexo com sua boca, perco-me em um prazer inédito.

Nossos corpos se entrosam quando nossos lábios voltam a se explorar em um beijo profundo e sem pausas. Um beijo que não tive a oportunidade de conhecer antes. Um encaixe perfeito. Nossos lábios, nossas mãos, nossos corpos parecem se tornar apenas um.

Olho seus olhos castanhos. Mesmo com a parca iluminação, consigo decifrar toda a intensidade que transmitia para mim. Apesar de a minha respiração estar entrecortada, não pensava em parar de beijá-lo.

Era como se estivesse no mais lindo e erótico sonho. Daqueles que tinha certeza de que não se realizariam. Sonhos de que eu julgava não ser merecedor; sonhos com que nunca seria contemplado. Outrora, pensava que não seria digno de uma noite de amor. Amor que imaginava receber de outra pessoa. Por isso, submetia-me a sexo fácil, rápido, sem sentimento, uma troca de gozo, deixando longe qualquer outra forma de intimidade. Agora, era diferente, novo, intenso e delicado.

Seus *dreads* caem por cima dos ombros enquanto me encara. Admiro cada centímetro do seu rosto. O nariz grande e arrebitado, os poucos pelos que aludem a uma futura barba, as sobrancelhas grossas e bem desenhadas. Os longos cílios que desenham, com perfeição, aqueles olhos intensos.

Voltamos a nos beijar com mais intensidade. Nossos corpos se colam em um ritmo só nosso, como se dançássemos ao som de uma linda canção, de uma música inaudível que somente nós conseguimos escutar.

Deixo minha cabeça apoiada no travesseiro macio, e Akin volta a beijar meu pescoço, subindo, aos poucos, até dar leves mordidas em minha orelha. Sinto-me flutuar. Com os olhos fechados, entrego-me completamente. Sua voz rouca e baixa chega aos meus ouvidos.

— Posso te amar?

Era um pedido. Um desejo. Uma súplica. Volto a encará-lo por um momento. Não consigo proferir palavra alguma, mas, com um único sorriso e com um leve de cabeça, confirmo. Sou recebido por um beijo longo e verdadeiro. Em seus olhos, está toda a segurança de que preciso. Tudo o que necessito naquele momento vem acompanhado do lindo sorriso que ele me dirige. Não havia quem pudesse nos julgar naquele momento. Ninguém poderia nos impor o modo como devemos nos amar.

Sua mão desce e sobe por minha cintura, acaricia meu braço, pega a minha mão. Seu cabelo cai sobre meu corpo. Seu beijo me transmite segurança. Suas mãos pegam minha cintura novamente, mas, agora, viram-me vagarosamente.

Deito-me sobre o travesseiro e fecho meus olhos. Fiz isso raras vezes. Todos os caras com quem me relacionei buscavam um pau duro e nada mais. Nunca tive um que buscasse conhecer meu corpo, que buscasse algo além do prazer momentâneo que eu poderia proporcionar com meu membro rijo.

Akin se aproxima de mim. Quando abro os olhos, recebo um beijo um tanto desajeitado, por causa da posição em que minha cabeça está, semiescondida pelo travesseiro. Após o beijo, observo Akin abrir a primeira gaveta da mesa de cabeceira.

Ouço-o rasgar a embalagem da camisinha e sinto seu corpo sobre o meu, garroteando minhas coxas com suas pernas decididas. Mais uma vez, senti beijos úmidos em minhas costas. E ele veio subindo até o meu pescoço, até minha orelha, até o meu rosto. E meus lábios o receberam. Senti o toque dos seus dedos gelados, molhados de lubrificante.

Minha mão estava próxima ao meu rosto, e era nítido o leve tremor, que era transmitido às demais partes do meu corpo. Akin percebeu o tremor e entrelaçou sua mão na minha, enquanto, vagarosamente, penetrava-me.

Senti dor e pensei em tirá-lo de cima de mim, mas sua mão me transmitia uma segurança que foi capaz de fazer com que eu aguentasse. Aquela dor, em poucos segundos, transformou-se em algo inexplicável. Apesar de todo o incômodo que sentia, o prazer e a satisfação de ser amado superavam a dor em todos os seus níveis.

Em um misto de dor e prazer, fui preenchido de uma maneira que nunca conheci. O tremor sumia lentamente, e todo receio se dissipou como fumaça. Novamente, nossos corpos voltavam a dançar, em um ritmo ditado por Akin, até que passei a controlá-lo, explorando-o ao mesmo tempo em que era explorado em igual medida.

Mudamos de posição uma, duas, três vezes, até eu perder a conta. Leves gemidos de prazer escapavam dos meus lábios, misturando-se com os próprios sons de Akin. Em um momento, estava sentado sobre ele, e nos mantínhamos unidos como um só. Seus *dreads*, espalhados sobre o travesseiro, formavam vários desenhos, os quais eu tentava desvendar. Seus olhos estavam fixos nos meus, conectados em um silêncio que dispensava qualquer palavra.

Beijando seus lábios, com suas mãos sustentando minhas costas, rendi-me ao prazer, completo e satisfeito. Asim que me deitei ao seu lado, fechei os olhos, desejando nunca esquecer essa sensação, o gozo, a satisfação.

Gozamos juntos, com o corpo e com a alma, em um encontro que ficará marcado em minha mente, em meu corpo e em toda a minha existência. Um verdadeiro encontro de almas, arrebatador, intenso, delicado e único. Pela primeira vez, eu podia falar que fiz amor.

A luz do sol da manhã ilumina o quarto de Akin, passando pelas cortinas entreabertas e proporcionando uma iluminação única para o quarto, com cores alegres pintadas nas paredes. Assim como o resto da casa, o quarto de Akin transmitia uma sensação boa. Sentia-me acolhido ali.

Ao me virar na cama, encaro seu rosto sereno. Seu peito sobe e desce em uma respiração tranquila, e sou incapaz de despertá-lo desse sono calmo. Seus *dreads* emolduram o seu rosto e serpenteiam por todo o travesseiro. Seus lábios estão entreabertos e me chamam a atenção, quase pedindo que os toque, mas evito a vontade que toma conta de mim; pelo menos, por ora.

Viro-me, novamente, para o outro lado e apoio a cabeça no travesseiro, voltando a fechar os olhos e deixar me envolver pelo momento. Akin parece sentir minha movimentação e se aproxima, envolvendo meu corpo e me puxando para mais perto de si.

— Bom dia, lindo. — Ele diz. Sua voz é baixa e rouca e faz meu coração acelerar um pouco.

— Bom dia, Akin … dormiu bem?

Encaro seus olhos negros. Em seus lábios, um sorriso já surge. Deixa escapar um bocejo preguiçosamente e estica todo o seu corpo, afastando o lençol que nos cobre, parando próximo aos seus pés, revelando seu corpo nu ao meu lado.

Volto a encará-lo um pouco tímido e, depois, permito que meus olhos desçam por todo o seu corpo, admirando sua pele negra, que brilha com os poucos raios do sol que chegam até nós. Sinto um formigamento crescer dentro de mim, o desejo voltando a tomar conta do meu corpo. A vontade de tocá-lo é quase incontrolável. Akin parece perceber isso, liberando um meio sorriso cheio de segundas intenções.

— Dormi, sim, e você? Senti você se mexendo um pouco durante a noite...

— Sim... Não estou acostumado a dormir com outros caras, então estranhei um pouco...

— Não se preocupe, logo você se acostumará a dormir comigo.

Esboço um sorriso, e ele me puxa para mais perto. Seus braços voltam a me envolver. Seu calor é transmitido para mim.

Aos poucos, voltamos a nos amar. Estou completo, repleto de um sentimento que, lentamente, preenche minha alma, curando minhas cicatrizes.

Por estar mais perto do *shopping* em que trabalho, cheguei meia hora mais cedo e comecei a arrumar o estoque, enquanto a faxineira limpa o salão da livraria. Coloco meus fones de ouvidos, e as vozes de *Liniker e os Caramelows* preenchem meus ouvidos, enquanto arrumo as últimas caixas entregues pela transportadora. Faço a contagem de livros disponíveis e atualizo o sistema com o *notebook* no meu colo.

Sinto tocarem meu ombro e, quando me viro, encaro Jonas, que é um dos funcionários do turno da noite. Encontrávamo-nos na livraria raramente, mas, nos poucos meses em que trabalhamos juntos, construímos certo grau de amizade.

— O que faz aqui, cara?

— Não tá sabendo? Troquei de turno e, agora, vou ficar de manhã também.

Levanto-me, dou-lhe um rápido abraço e me abaixo mais uma vez.

Não desligo a música, mas deixo os fones penderem sobre meus ombros.

Como ainda falta meia hora para abrirmos a loja, Jonas me ajuda a catalogar todos os livros restantes, e, assim, terminamos mais rápido. Ao lado da livraria, há uma cafeteria. Pedimos dois cafés e abrimos a loja, esperando os primeiros leitores do dia.

Volto a colocar um fone no ouvido e me deixo envolver pela música. Atendo a algumas senhoras em busca da nova biografia de uma atriz famosa; a crianças carentes da revista de algum *youtuber*; e a vários adolescentes atrás dos *YA*, dos romances clichês e de algum livro das séries de fantasia intermináveis.

A manhã passa rapidamente. Meu horário de almoço chega logo. Jonas está no caixa, cobrindo outra funcionária, e eu me aproximo dele. Antes de eu chegar, um pessoal retorna de seu horário de almoço, e Jonas sai comigo para almoçar.

Ele também não tinha trazido marmita, o que é um ótimo motivo para comermos besteiras na praça de alimentação.

Quando nos sentamos, Jonas me lança um olhar indagador, arqueia a sobrancelha e faz uma careta engraçada.

— Tá tudo bem? — pergunto.

Ele assente.

— Comigo tá, sim, mas e com você? Tipo, você tá meio...

— Meio o quê? Diz logo, cara.

— Diferente... Feliz...

Sorrio.

— Viu só?! — ele endireita os óculos e volta a me encarar. — Você não é de sorrir assim desse jeito. Nem de ficar cantarolando durante um dia inteiro, nem de parecer tão...

— Alegre? — completo, e ele volta a concordar com um aceno de cabeça.

— Eu conheci um cara aí, e estamos nos dando bem...

Começamos a conversar sobre Akin. Volto ao começo, compartilhando os detalhes de como nos conhecemos, e narro até aquela manhã, quando fizemos amor mais uma vez.

Jonas vai embora duas horas antes de mim, visto que preciso compensar as horas da semana em que tenho de sair mais cedo para ir à faculdade. Antes de sair, seu namorado chega à livraria.

Jonas é um cara branco de cabelos claros e de olhos castanhos. Seu namorado é mais parecido comigo: negro, magro, esguio, bem mais alto do que meu amigo e muito bonito. Fazem um casal harmônico e namoram há anos. Confesso que sempre guardei certa inveja da relação dos dois. Desejava um namorado que me buscasse no trabalho, um cara com quem pudesse sair de mãos dadas, sem me importar com qualquer tipo de comentário. Um cara que me amasse por quem sou.

Passo as próximas horas divagando sobre sonhos antigos,

sobre como me sentia tão pequeno, tão vulnerável. Atendo a diversas pessoas; arrumo as estantes e as pilhas dos livros. Fico um tempo no caixa, e as duas horas passam voando. Antes de me dar conta da hora, ouço uma voz familiar atrás de mim.

— Gostaria de comprar um livro para uma pessoa especial, mas ainda não sei o seu gosto.

Quando me viro, vejo Akin de calça jeans, com uma camiseta amarela e com um colete também jeans, mas de um tom diferente do da calça, mais claro e desbotado em algumas partes. Seus *dreads* estão presos em um meio coque e meio rabo de cabelo, o qual deixa seu rosto em evidência.

— O que faz aqui, garoto? — indago, surpreso.

— Vim comprar um presente para um cara com quem estou ficando. É uma surpresa, e ouvi dizer que você é um ótimo livreiro.

Reviro os olhos e suspiro.

Ele pega em minha mão discretamente.

— Pode me ajudar?

Eu me dou por vencido e vou andando por entre as mesas.

— Você sabe do que ele gosta?

— De algumas coisas, mas não sei de livros... Pelo menos, não ainda. Sei que ele lê muito.

Akin vai pegando um livro ou outro, perguntando sobre meu gosto, vendo minha reação ao falar sobre uma história ou outra, até que chegamos às prateleiras dos livros nacionais. Ele percorre os livros com o olhar e escolhe um: *Um defeito de cor*.

— Você já leu esse livro?

— Ainda não… eu sei, sou uma vergonha.

Ele abre um sorriso.

— Esse livro vai fazer você entender mais sobre si mesmo. Um ótimo presente, enfim.

Concordo e vamos até o caixa. Aplico meu desconto de livreiro, e pagamos trinta por cento a menos. Ele segura a sacola enquanto pego minhas coisas e guardo meu avental. Quando voltamos, deixo o livro na minha mochila, e saímos da livraria. Ele pega minha mão, e só penso em como me sinto diferente. Uma mudança que aquece meu coração e que me enche de esperança. Agora, é como se todos os meus melhores sonhos começassem a ser realizados, mas de um jeito ainda melhor, mais completo, único.

Um leve tremor toma conta do meu corpo. Sinto meu coração bater contra meu peito e minha respiração ficar entrecortada. Subo as escadas, contando cada passo, e sou incapaz de olhar para Akin.

Percebendo meu nervosismo, ele aperta minha mão de leve e esboça um meio sorriso. Passamos pelas casas dos meus tios até chegar à minha casa. Tiro a chave do bolso e abro a porta de ferro.

Digo a frase clichê que todo mundo diz quando uma visita chega a sua casa, estando bagunçada ou não. Ele entra antes. Logo depois, entro na sala, fechando a porta atrás de mim e acendendo a luz.

Akin se vira para mim e abre um sorriso. Olhando-o no meio da minha sala, da sala em que convivi com minha mãe e com meu pai, ele não parece se encaixar. Parece fora de contexto, de um tom diferente. Então, entendo que o fato de o ver me reporta a como me senti durante todos os últimos anos.

Mesmo vivendo ali durante toda a minha vida, nunca senti que fosse minha casa, meu lar. Apesar da morte do meu pai, ainda há muito dele impregnado em cada cômodo, sendo exalado dos móveis, das paredes brancas meio encardidas, do chão, do teto, de cada centímetro da casa que deveria ter como lar.

Tudo me falava do quanto eu não pertencia àquele lugar. A primeira coisa em que penso é pegar todas as minhas coisas e sair dali imediatamente, mas sei que não poderia fazer isso; não com a faculdade; não com o meu salário mediano de livreiro, ainda mais sendo universitário.

Levo Akin para meu quarto e conversamos sobre minha vida. A despeito de toda a falta de conforto, meu quarto é mais meu do que qualquer outra parte da casa. Sempre encontrei algum tipo de refúgio dentro daquele cômodo. Embaixo das cobertas, eu podia ser livre, podia sentir algo.

Sento-me na cama e deixo algumas lágrimas escaparem. Sinto algo por dentro, um desconforto que não consigo descrever. Apenas permito que meu corpo libere esse sentimento ruim. Akin, entendendo o momento, apenas se senta ao meu lado e coloca a mão sobre a minha. Faz leves carícias e tenta me transmitir algum conforto.

Será que algum dia vou me libertar de todos os meus demônios? Dos meus medos? De tudo o que me aflige? De todo o inoportuno que, de tempos em tempos, volta a assolar meu coração, como uma tempestade que se forma aos poucos, até então desabar de vez, trazendo destruição?

— Chore tudo o que for possível. Só assim você poderá seguir em frente, João.

Apoio minha cabeça em seu ombro e entrelaço minhas mãos nas suas. Seu toque é firme, porém me transmite um carinho, algo que aquece.

— Há um provérbio africano que diz o seguinte: *as lágrimas que descem pelo seu rosto não tiram sua visão.*

Apesar da minha visão embaçada por causa das lágrimas, consigo fitar seus olhos e ver a serenidade em seu semblante.

— Na minha interpretação, acho que esse provérbio te dá uma liberdade, sabe... para chorar, para sentir. Ele sabe que é necessário passar por certas coisas e que, mais para a frente, tudo ficará bem, sua visão continuará ali, seu futuro e tudo de importante que precisa ser visto, olhado, observado continuarão da mesma forma. Então, chore, você não perderá sua visão.

Akin acaricia meu rosto de leve, e volto a me encostar no seu ombro. Permito-me estar ali, com incessantes lágrimas que molham meu rosto, até o momento em que percebo algo mudar. O incômodo se dissolvia. Embora não sumisse completamente, também não tomava conta de todo o meu ser, encontrando-se no lugar em que deve estar.

Pego minha melhor roupa do meu armário e a deixo sobre a cama. Vou em direção ao banheiro apenas com uma toalha. Deixo a água fria cair sobre minha cabeça e levar todo o resquício salgado das lágrimas que escorreram por meu rosto momentos antes.

Depois de alguns minutos debaixo da água, sinto meu coração se acalmar, voltar ao seu ritmo normal, transferindo vida para todo o meu corpo, trazendo-me uma paz que não sentia havia algum tempo, sobretudo nos momentos em que Akin não estava perto de mim.

Sem demora, sinto suas mãos se apoiando em meus ombros, massageando minha pele, lançando leves choques elétricos por meu corpo, acordando-me por completo, trazendo-me serenidade, calma e afeto.

Envolveu seu corpo no meu, aproximando-se como ninguém fez antes. Não só fisicamente, mas em minha mente, em meu coração. Trazia para mim algo que imaginei ser inalcançável, distante demais para que eu pudesse experimentar um dia.

Caminhamos, trôpegos, de volta para o meu quarto e nos entrelaçamos sobre a cama. Mal havíamos nos enxugado, e as cobertas ficam molhadas, mas não ligo para aquilo. Sentir seu corpo é tudo o que mais quero. Aos poucos, penetro-o, enquanto ele se mantém deitado de bruços.

Seus olhos estão fechados, e suas mãos abraçam o travesseiro com força, fazendo com que eu pare por um momento, incerto. No entanto, o sorriso que se forma em seu rosto transmite a segurança de que preciso para continuar.

Amamo-nos como nunca na vida amei ninguém. Amamo-nos na cama em que, tantas vezes antes, adormeci sozinho, imaginando que isso jamais aconteceria. Senti seu corpo junto ao meu, substituindo, com prazer, o refúgio em que molhava o travesseiro com as lágrimas e tentava sentir menos a dor provocada pelas coças do meu pai.

Os ecos da voz do meu pai, xingando-me, amaldiçoando-me, maldizendo-me e destacando o meu pior começaram a dar lugar a palavras sussurradas que aqueciam meu coração. Isso me transforma por dentro, faz emergir um novo eu. Aquele que nunca deveria ter se escondido. Finalmente, encontro-me comigo mesmo, voltando a encarar aquele que, em algum lugar, escondeu-se por todo esse tempo.

E a imagem do meu pai se torna distante; está longe de mim, deste momento da minha vida. Mistura-se às lembranças ruins que, por muito tempo, afetaram-me e ecoaram em minha mente, oprimiram-me.

Saltamos em um local próximo ao mercadão de Madureira e subimos a passarela que dá acesso ao *shopping* e ao parque de Madureira. Akin fazia mistério sobre o que faríamos, apesar de eu perguntar, volta e meia, porque pediu para que eu me arrumasse. Apesar de fingir chateação, confesso que estava gostando do mistério.

Assim que descemos as escadas, pegou a minha mão, e seguimos em direção ao parque. Como é sábado à noite, toda a Madureira estava lotada de gente. Para onde se olhava, havia pessoas e mais pessoas. Carros de som com o volume máximo acionado estão estacionados próximos ao *shopping*. Rodinhas de amigos dançam e bebem. Camelôs vendem todo tipo de bebida em barracas improvisadas.

Entramos no parque, e logo vejo uma roda de samba. Meu primeiro pensamento é que s pararemos ali, mas Akin me conduz para longe da multidão. Seguimos para a pista de corrida, que está cheia de crianças que brincam e andam de bicicleta.

Ele não solta minha mão em momento algum, e isso é bom.

Nunca tinha ido até o final do parque de Madureira. Toda vez que passávamos por algum quiosque, eu pensava que havíamos chegado aonde queria me levar. Só no último quiosque, paramos, e entendi o porquê de todo o mistério.

Era um baile charme. No meio do parque.

A primeira coisa que me chamou a atenção foi o grande número de pessoas negras de vários estilos. Vários *blacks* se balançavam ao ritmo da música e dos passos coreografados. As vozes animadas ao redor. Uma sensação de acolhimento que senti naquele momento.

Akin solta minha mão quando é chamado por algumas

pessoas que o conheciam e estavam dançando alguma música inglesa desconhecida por mim. Ele olha para mim, e apenas dou de ombro. Entra na primeira fileira, ficando de frente para mim, e começa a seguir os passos dos outros.

Inicialmente, fecha os olhos e abre um sorriso lindo, curtindo o momento. Depois, olha em minha direção, lança-me uma piscadela e continua dançando com uma força que parecia vir da sua alma.

Todos aplaudem quando a música termina, e ele volta para o meu lado.

— E aí, gostou?

— Você dança muito bem. — Ele sorri. — Sabia que eu sempre quis vir a um baile charme, mas não sabia como fazer isso?

— Muita gente não sabe mesmo, igual ao *jongo*. É aquilo, né? Tudo de preto é mais difícil, mesmo não tendo nenhuma dificuldade, apenas aquelas que são impostas pelas pessoas, até mesmo por irmãos da nossa cor.

Apenas confirmo.

Ele sai rapidamente e volta com duas cervejas. Começamos a beber. Pouco tempo depois, ele volta a dançar. Fico admirando-o e tentando pegar alguns passos. Quem sabe se um dia não me arriscarei também?

Quando chega a hora de o parque fechar, todos saem pela mesma direção. A música não para em momento algum, já que as caixas de som estão sobre carrinhos. Todos seguem para uma rua nas laterais do parque. Lá, a festa continua sem nenhuma perspectiva de acabar.

Começa a chover, e o pessoal se movimenta para ir embora. Akin volta a segurar minha mão, e caminhamos por ruas que desconheço. As pessoas somem, virando aqui ou ali, pegando um táxi ou uma van, mas nós continuamos.

Sinto-me livre. As cervejas que tomei começam a fazer efeito. No entanto, o que me transforma é a presença de Akin ao meu lado. Nossos dedos se cruzam, e, do nada, a chuva cai com toda a força. Se, antes, tomou, agora, a forma de uma tempestade de verão, ainda que estivéssemos em setembro.

Corremos para baixo de uma barraca fechada e nos protegemos da chuva, antes que nos molhássemos por completo.

Ele sorri para mim, e eu retribuo. Beijamo-nos.

Enlaço minhas mãos em sua cintura e o beijo mais uma vez. Volto a sentir aquela sensação de liberdade. E, naquele momento, o silêncio que a chuva traz estava presente. Além da chuva, nada mais era ouvido, nem um barulho sequer. Apenas a calmaria em meio ao caos.

— Gosta de loucuras, Akin?

— Como assim, *loucuras*?

Sorrio e o puxo em direção à chuva. Ele resiste, falando algum palavrão, mas me deixa levá-lo para o meio da rua. Em menos de cinco minutos, estávamos molhados e corríamos, de mãos dadas, em direção à sua casa.

Em algum momento, ele me para e se vira em minha direção. Aproxima-se de mim e me beija. Seus lábios me aquecem, e seu toque preenche todo o meu corpo, trazendo tanto calor, que já nem sinto a água gelada.

Quando nos afastamos, não consigo tirar os olhos dele.

— Eu te amo. Obrigado por mudar minha vida — confesso, próximo ao seu rosto. Não poderia guardar aquilo para mim nem por mais um minuto.

Ele volta a sorrir e me beija mais uma vez.

— Obrigado por permitir que eu faça parte dela, e tudo o que mais quero é continuar fazendo. Então... João, você aceita namorar comigo? Oficialmente?

Eu rio. Não sei se alguma lágrima se mistura com as gotas de chuva que molham meu rosto. Mas, apesar de chorar, pela primeira vez, serão lágrimas de felicidade, lágrimas que gostaria de sentir escorrer pelo meu rosto por incontáveis vezes. Essas lágrimas não embaçam minha visão, e, sim, melhoram tudo à minha volta.

Com um beijo, selamos o pedido. Com mais um único beijo, entrelaçamos nossas vidas um pouquinho mais…

Parte 8
LIBERDADE

Akin está no atabaque, começando a ditar o ritmo da dança, quando sua mãe, Núbia, posiciona-se ao lado dos instrumentos com um microfone na mão. Hoje, a casa do jongo está cheia de visitantes; de pessoas que, por muitos anos, não vinham para festas; de curiosos; de parentes e de amigos. É um dia de festa!

A voz grave de Núbia começa a tomar conta de todo o ambiente.

Que jongue jongueiro esse jongo cá
Que jongue certeiro esse jongo, ah!
Que firme terreiro o seu tabiá!

Entro na roda, acompanhando outras pessoas. Deixo o ritmo dos atabaques, da guaiá, da puicá e da cuíca me guiar. Permito ser enredado pelas vozes que preenchem todo o ambiente, pelas palmas que acompanham a música. Meu corpo leva a dança...

Que jongue jongueiro o seu jongo, ah!
Que jongue certeiro o seu tabiá!
Que firme terreiro esse jongo cá!

Chego a um ponto da roda em que paro de frente para os instrumentistas. Meus olhos se fixam nos de Akin por um momento e sorrio para meu marido, que continua tocando o atabaque. Faço uma leve reverência para minha sogra e continuo a dança até o final.

Deixa caxambu tocar!
Deixa caxambu tocar!
Deixa caxambu tocar[1]!

As comemorações por mais um ano do Jongo da Serrinha continuam, mas Akin e eu vamos embora depois de algumas danças. Pegamos nossos chinelos em uma das salas e os calçamos antes de descermos para nosso carro.

Akin pega minha mão, enquanto descemos a escadaria até a rua em que estacionamos o carro. Ainda são dez da noite, contudo, como moramos um pouco distantes, saímos da festa mais cedo.

Destravo o carro e me sento- no banco do motorista. Akin segue para o do passageiro. Trocamos um rápido beijo e, logo, estamos na Avenida Suburbana, indo em direção ao Centro.

Na altura do Engenhão, saímos da avenida e rodeamos o estádio, até chegar ao viaduto pelo qual atravessaremos a linha do trem. Dirigimos para Riachuelo, bairro em que moramos desde antes de terminarmos a faculdade. Akin, obviamente, um ano e meio antes de mim.

Quando terminei a faculdade, decidimos que era hora de nos casarmos. E isso já faz cinco anos. É difícil acreditar que o tempo está passando tão rápido assim. Ontem, conhecemo-nos e partimos para um rápido namoro. Um tempo depois, começamos a morar juntos, e, quando já estava acostumado com essa nova realidade, vem o cara, surpreendendo-me mais uma vez, e me pede em casamento.

Não tivemos uma grande festa. Apenas uma pequena

---

[1] Música: Que Jongue – Jongo da Serrinha

cerimônia e uma longa viagem, aproveitando o melhor um do outro desde sempre.

— Hoje, a festa estava linda, não é, amor?

Olho para seu rosto pelo retrovisor. Seu reflexo sorri para mim.

— Sim, estava linda. Pena termos que ir embora cedo, mas não posso me atrasar para essa reunião, você entende, não é?

— Claro que sim, querido — Akin apoia sua mão sobre minha coxa e começa a acariciá-la de forma delicada. Ponho uma das mãos sobre a sua, e continuamos falando sobre as pessoas que estavam na festa do jongo.

Deixo o chinelo na sala e caminho até o quarto, para pegar algumas coisas para um rápido banho antes de nos deitarmos. Akin fica no celular, procurando algo no aplicativo para comer, e não o espero para tomar banho.

Como de costume, aparece alguns minutos depois e entra debaixo da água morna comigo. Beijamo-nos sem pressa, e recebo uma massagem do meu marido nas costas.

— Você está um pouco tenso... Tá preocupado com a reunião amanhã?

— Você sabe como fico sempre nessas reuniões, né? Trabalhar na TV é sempre imprevisível, e eles podem me trocar de programa de novo. Lembra quando fiquei meses sendo repórter daquele programa de culinária?

— Confesso que foi engraçado, levando em consideração que você é um desastre na cozinha.

Xingo baixinho, mas continuo parado, recebendo sua massagem, enquanto a água quente cai nas minhas costas. Ele ri e se aproxima mais de mim, fazendo com que eu sinta seu membro crescendo nas minhas costas, pedindo que seja notado.

Viro-me rapidamente e encontro um meio sorriso safado estampado no seu rosto. Seus *dreads* estão presos em um coque no alto da cabeça. Sua barba emoldura, perfeitamente, seu rosto. Se não fosse por ela, diria que Akin não mudou nada nesses últimos nove anos em que estamos juntos.

Beijamo-nos e, apressados, saímos do banheiro, deixando nossos corpos entrelaçados e molhados nos guiarem pela nossa casa. Sem uma noção de espaço, sem precisar nos esconder de ninguém, sentindo uma liberdade única. A liberdade de amarmos nossos corpos como bem quisermos, sem medo de nenhum olhar condenador.

Depois que nossa pizza chega, Akin se senta com seu *notebook* apoiado no braço do sofá, e eu descanso minha cabeça na sua coxa, sobre uma almofada sobre ela, deitando-me bem próximo à caixa da pizza, que estava na mesa de centro.

Na tevê, deixamos o novo álbum da *Majur* tocar de forma aleatória, bem baixinho. Pego um livro e dou continuidade à leitura, intercalando com um pedaço de pizza e outro.

Não percebo, mas acabo pegando no sono em algum momento, e Akin me acorda para ir para o quarto com ele. Ele pega em minha cintura, e eu apoio minha cabeça em seu ombro, ainda um pouco desnorteado por ter sido acordado tão abruptamente.

— Boa noite, meu amor.

— Boa noite, amor meu — respondo quase no automático e me viro antes mesmo de Akin apagar a luz. Antes de voltar a dormir, sinto seu corpo deitando-se ao meu lado, seus braços me envolvendo. Encaixamo-nos em uma posição só nossa e dormimos juntinhos, como sempre dormiremos.

Na manhã seguinte, chego ao estúdio mais cedo do que de costume, por causa da minha ansiedade para a tão aguardada reunião. Caminho de um lado para o outro com o único objetivo de o tempo passar mais rápido, mas falho em minha tentativa, e tudo o que me resta é esperar. E, só quando dão sete horas em ponto, encaminho-me para a sala de reuniões.

A sala estava cheia de gente: os diretores do matutino de que eu era repórter, o diretor-geral de jornalismo e, até mesmo, uma das apresentadoras. Sinto meu corpo tremer involuntariamente. Apenas sorrio para eles, e sou recebido por semblantes inexpressivos.

Sento-me onde me sugerem.

— Bom dia! — digo, tentando parecer simpático e seguro.

Todos me respondem, e o nervosismo logo é transformado em empolgação, em um receio por esse novo passo inesperado. Mas a felicidade é indescritível! A partir de amanhã, começo um treinamento para assumir, no próximo mês, a apresentação do jornal matinal de que tenho sido repórter há dois anos.

Já tinha apresentado um jornal ou outro em alguns dias especiais, em coberturas específicas durante a falta de algum apresentador. Nutria esse desejo havia tempos, mas não imaginava que estariam olhando para mim e que meu nome estava cotado para assumir a apresentação.

Ao sair da sala de reuniões, antes de ir me preparar para as externas de hoje, decido ligar para Akin, porém, depois de tocar várias vezes, a ligação cai na caixa postal. Volto a ligar e não recebo resposta. Entro no *WhatsApp* para mandar uma mensagem e vejo que ele não está *on-line*. Mando, assim mesmo, uma mensagem, pedindo que me ligue. Pela hora, está na ONG. Só preciso esperar.

— João, João! Precisamos correr agora — Sou surpreendido por Marcos, que é o câmera da minha equipe. Atrás. vêm os outros dois companheiros de trabalho. Apenas os sigo, ainda olhando para o celular, esperando que Akin responda à minha mensagem ou me ligue. Tudo o que quero é dividir a novidade com meu esposo.

— O que houve? — pergunto assim que entramos no carro.

— Está tendo outra operação em Costa Barros. Pediram que a gente cubra para o jornal da tarde. Falaram que pode haver algumas mortes.

Meu coração para na hora, e volto a ligar para Akin. Agora, não para contar-lhe minha novidade, mas para saber se está bem, já que sua ONG fica em uma das comunidades de Costa Barros.

— Pega a Transolímpica, que chegamos lá bem rápido! — digo a Marcos, que segue em direção ao Riocentro para pegar a Transolímpica em direção à Avenida Brasil.

Em meia hora, chegamos ao ponto em que vamos fazer a cobertura. Outras emissoras estão presentes, e há uma movimentação muito grande de pessoas na entrada principal da comunidade.

Vários carros da polícia fazem uma barricada com seus soldados, revistando todos que entram e saem. Há, também, duas ambulâncias e várias pessoas chorando. Volto a tentar contato com Akin, mas a ligação cai na caixa postal. Fico ainda mais preocupado.

Júlia, a assistente editorial, entrega-me um papel com todas as informações coletadas até o momento, passa-me o microfone e arruma minha camisa, depois de eu vestir o colete à prova de balas com a logo da emissora. Posiciono-me em frente à câmera para entrarmos ao vivo.

— Bom dia, Mariza. Bom dia a todos que nos assistem. Estamos aqui, na entrada principal do Chapadão, no Bairro de Costas Barros, onde está havendo uma grande operação policial, após uma noite em guerra com uma facção contrária de uma comunidade vizinha. Ainda não se sabe o número de mortos, nem quantos são os feridos. Fomos informados de que não estão permitindo que alguns feridos desçam para receber ajuda médica, sabendo que serão presos ou que poderá, ainda, haver focos de guerra dentro da comunidade. Aqui, o clima é de tensão, e a via principal foi fechada. A Supervia informou que a circulação de trens também está interrompida por causa da troca de tiros intensa que tomou conta dessa manhã.

Quando terminamos a primeira transmissão, volto a ligar para Akin e, novamente, não consigo contato. As últimas mensagens sequer chegam para ele, e começo a me preocupar ainda mais.

Quando uma nova troca de tiros começa em algum lugar da comunidade, sinto o ímpeto de correr até a ONG e de encontrá-lo vivo e bem. Quando minha equipe se prepara para fazer algumas gravações, simplesmente ignoro o pedido do policial para não entrar na comunidade e sigo até a ONG.

Faz anos que venho aqui, e muitos moradores sabem quem sou. Entretanto, nunca entrei na comunidade em dia de guerra ou de operação. Sempre tive contato com Akin e nunca precisei me preocupar com seu bem-estar.

Diferentemente dos dias alegres, dos mototáxis subindo e descendo, dos bares abertos e das pessoas me cumprimentando ou falando com Akin, hoje as ruas estão desertas, as barracas estão fechadas, e passo por duas ou três poças de sangue pelo caminho.

Outro tiroteio começa, e alguns garotos passam correndo por mim, mas não fazem nada. Acelero o passo e viro duas ruas, até chegar à ONG por um caminho mais rápido, o qual Akin me ensinou uma vez.

Quando chego à ONG, encontro a porta trancada e as janelas fechadas. Bato e grito pelo nome de Akin, mas ninguém me responde. Sinto um tremor tomar conta do meu corpo e um medo que nunca senti antes. Bato na porta de ferro até perder a conta. Ninguém me responde.

Sento-me no chão e tiro o celular do bolso. Vejo algumas ligações perdidas da minha equipe. Nenhum sinal do meu esposo. Quando decido descer o morro, sou surpreendido por um grupo de garotos. Todos armados até os dentes. Sequer saberia distinguir cada uma dessas armas, mas imaginava que o estrago não seria pequeno.

— O que o *reporte* faz aqui no morro? — Um dos garotos pergunta e se aproxima de mim.

Não digo nada e apenas me levanto. Sequer tirei o colete à prova de balas. Não sei se me protegeria caso acontecesse qualquer coisa.

— Pera lá, Pipoca. Esse aí é marido do tio Akin. Tá lembrado dele na festa de Natal, não? — Outro garoto se aproxima de mim, ficando bem à minha frente. Não consigo me lembrar do rosto de nenhum deles.

— Vocês viram Akin por aí? — pergunto.

— Não, tio. Ele não tá aqui. Tamo protegendo o que é nosso, sabe como é — diz, trocando a arma de mão. — Agora, é melhor você descer pra pista. Não sabemos onde os vermelho tá, e pode estoura a guerra a qualquer momento.

Assinto e deixo os garotos para trás. Ando apressado e chego bem mais rápido à entrada da comunidade. Alguns policiais vêm falar comigo e perguntam se vi algo. Minto e digo que não vi ninguém. Assim que volto até a minha equipe, meu telefone começa a vibrar.

Era Núbia. Mais uma vez, o medo toma conta de mim. Um alívio indescritível me preenche quando ouço a voz de Akin no outro lado da linha. Ele fala baixo, e sua voz me traz calma.

— Preciso que você venha para a casa da minha mãe com urgência. E não diz para ninguém para onde você vem, pois podem estar de olho em você. Age naturalmente e pede um Uber ou algo do tipo. Ou pede que a sua equipe te traga até aqui.

Confirmo rapidamente e saímos juntos, como se nosso trabalho tivesse se encerrado. Explico para minha chefe que preciso encontrar meu marido e resolver alguns problemas particulares. Ela pede que outra equipe vá fazer a cobertura na parte da tarde. Deixam-me na Avenida Brasil sem entender muita coisa. Nem eu entendi direito, para ser sincero. Peço um carro pelo aplicativo. Já sabia o endereço da minha sogra de cabeça e vou para lá sem demora, chegando em apenas quinze minutos.

Assim que desço em frente à vila em que ela mora, vejo Akin parado na parte de dentro do portão de ferro, esperando-me. Seu semblante é sério, e a primeira coisa que faço é olhar para todo o seu corpo em busca de algum ferimento. Aparentemente, está normal e bem.

Dou-lhe um forte abraço logo que abre o portão e sinto seu corpo junto do meu. Só assim consigo me sentir mais tranquilo; só assim consigo voltar ao normal. Seguro seu rosto entre minhas mãos e olho em seus olhos. Ofereço-lhe um beijo terno e tranquilo. Ele retribui meu beijo, e voltamos a nos abraçar.

— Me desculpa por isso. Meu celular se perdeu na correria dos tiros e do pessoal ferido, e precisei sair de lá o mais rápido possível.

Ele pega minha mão, e vamos em direção à casa da sua mãe.

— Preciso que você me escute antes de a gente entrar... — Ele para na porta da sua mãe. Estava entreaberta e silenciosa, diferentemente da maioria das vezes em que venho aqui. — Tem um menino no meu quarto. Os pais dele morreram no tiroteio. O pai dele era um *dos cabeças* do tráfico. Parece que ele estava ajudando outra facção, fazendo um jogo duplo, dando informações. A mãe foi morta como retaliação. É bem complicado. Estavam atrás do menino, e eu o trouxe comigo.

— Você não fez isso! Você não podia fazer! Se descobrirem, pode atrapalhar o nosso processo de adoção. Você sabe muito bem disso. E, se os traficantes ficarem sabendo, podem tentar algo...

Põe a mão no meu ombro, e eu a retiro, olhando sério para ele.

— Queriam matar o menino. Não podia deixá-lo lá. Me desculpa, mas não era uma escolha.

Respiro fundo e decido entrar na casa. Quando abro a porta, o garoto não está na sala. Olho para Akin, que aponta para o seu antigo quarto. O menino está sentado no chão, brincando com uns brinquedos antigos de Akin. É magro e tem a pele negra. O cabelo é raspado. Usa uma camiseta suja de sangue.

Núbia aparece no quarto com uma muda de roupa de criança. É possível que tenha saído para comprá-la e voltado aqui.

— Vitor, vem tomar banho, meu filho. Depois, vamos fazer

uma comida para a gente almoçar, tudo bem? — diz ela, simulando um sorriso.

Ele se levanta e caminha até minha sogra.

Quando passa por mim, para e olha para Akin. Em seguida, volta sua atenção para mim.

— Você também vai ser meu papai? — pergunta.

O garoto não deve ter mais de nove anos. Sinto uma lágrima descer pelo meu rosto. Não digo nada. Mesmo assim, ele se aproxima de mim e me abraça. Agacho-me e o abraço também. O sangue em sua camisa está seco. Possivelmente, não entende o que está acontecendo. Eu mesmo não estou entendendo.

Depois que o Vitor saiu do quarto, fechei a porta e me sentei na cama, apoiando meu corpo na parede. Fecho os olhos, desejando que isso tudo não passe de um sonho. Akin se senta ao meu lado. Abro os olhos e me viro em sua direção.

— Fui promovido — digo. — Serei apresentador a partir do próximo mês.

— Isso é ótimo, meu amor! — Ele se aproxima de mim e me beija mais uma vez, mas não sinto nada. — Parabéns! — A felicidade que estava sentindo mais cedo foi absorvida por todo o medo em relação ao que pode acontecer de agora em diante.

Estamos há um ano na fila para a adoção. Tem sido uma caminhada muito longa e cansativa. Há momentos em que penso em desistir. Outros me fazem pensar que o problema é um casal *gay* querer constituir uma família.

— A gente não pode ficar com ele. Você sabe, não é?

Akin pega em minha mão e fica em silêncio por algum tempo.

A mãe de Akin pergunta se o menino gostaria de ir até a praça tomar sorvete. Ela sabia que essa conversa seria muito longa e preferiu levar o garoto por um tempo.

— E se a gente pedir ajuda para algumas pessoas? Talvez elas entendam. O menino não pode voltar pro Chapadão. Ele não tem mais nenhum parente vivo. Só um tio, que está preso. Não podemos, simplesmente, abandoná-lo. Nós podemos tentar adotá-lo.

— Akin, para e pensa um pouco. Mesmo que a gente queira

adotar o garoto, sabe que todo o processo não funciona assim. Temos que entregá-lo o mais rápido possível e, talvez, consigamos adotá-lo no futuro. Mas pode ser outra família. Nunca vamos saber. Não tem como ter certeza. Ainda mais depois de todo esse ano tentando adotar uma criança.

— Nós podemos tentar, por favor…

Eu me levanto para sair do quarto e sou surpreendido por Vitor, que entra pela porta e me abraça mais uma vez. Abraço-o também.

— A vó Núbia me deu sorvete! — diz, animado.

— Eu também adoro sorvete, sabia? — digo.

Olho para o menino e penso em minha infância. Volto às minhas lembranças de quando tudo era fácil, de quando eu era inocente como esse pequeno à minha frente. Antes de tudo mudar e de entender que meu pai nunca me amaria. Ainda assim, tive-o por muito tempo. Tive minha mãe também. E esse menino não terá nenhum dos dois. Nunca mais.

— Vitor, deixa eu te perguntar uma coisa — seus olhos castanhos brilham em minha direção, e sinto meu coração se apertar um pouco. — Você, realmente, quer que eu e o Akin sejamos seus pais?

Ele abre um sorriso cheio de expectativas e confirma seu desejo antes mesmo de dizer qualquer palavra. Volto a abraçá-lo, e Akin também vem até nós. Envolvemos o menino com o amor que começou ali. Sinto meu corpo tremer. Farei o possível para que Vitor fique com a gente.

A noite foi longa. Ligamos para muita gente. Uma amiga assistente social e sua esposa, que era juíza federal, aceitaram nos ajudar.

Contratamos uma advogada com experiência em casos

parecidos com o nosso e seguimos rumo ao Conselho Tutelar no dia seguinte. Não foi um processo fácil. Precisamos burlar as regras para que Vitor continuasse com a gente.

Do dia para a noite, tornamo-nos pais de um menino de nove anos.

Acordo, abruptamente, com o toque do meu celular sobre a cabeceira da cama. Ao olhar para o lado, vejo que Akin continua a dormir tranquilamente. Levanto-me, encostando na cabeceira da cama. Pego o telefone e noto que é uma ligação da nossa assistente social.

— Alô? — atendo rapidamente, para que a ligação não caia.

— Alô, João? Desculpe o horário, mas precisava falar com vocês o mais rápido possível.

Meu coração se acelera. Ainda não são nem sete da manhã. Pela janela do nosso apartamento, percebo que o dia ainda está amanhecendo.

— Não, tudo bem. Já estava acordado — minto. — Patrícia, qual é o problema?

— Problema algum. Na verdade, trago boas notícias. Ontem, ficamos sem sistema no trabalho. Agora, tentando adiantar algumas pendências, recebi uma excelente notícia.

Esboço um sorriso, já sabendo da resposta. Akin começa a se mexer, provavelmente por causa da minha conversa com Patrícia.

— Quando atualizei o sistema, vi que a juíza concedeu a guarda definitiva. Ele é de vocês, finalmente!

Deixo uma lágrima escapar dos meus olhos, e Akin se levanta. Primeiramente, fita meus olhos, assustado, mas, de algum jeito, sem eu precisar dizer palavra alguma, percebe o que está acontecendo. Então, sorri e chora junto comigo.

Meu marido pega o celular da minha mão. Lendo o nome da assistente social, conversa com ela.

— Patrícia, me diz que é verdade. Por favor. Diz que sim.

Ele assente em concordância e abre aquele sorriso único, o mesmo sorriso pelo qual me apaixonei vários anos antes; aquele sorriso que foi feito para me acalmar, para me encantar, para fazer com que me sinta o homem mais feliz do mundo.

As lágrimas continuam molhando meu rosto, caindo sobre as cobertas. Depois de alguns breves minutos, Akin desliga o telefone, que se perde entre as cobertas quando me jogo em seus braços, recebendo seu sustento, sua força, seu amor.

— Meu amor, nós conseguimos, nós conseguimos — Ele sussurra nos meus ouvidos, enquanto me mantém preso com seu abraço.

— Sim! Sim! Sim!

Levantamo-nos da cama e pegamos alguns balões que estavam escondidos de Vitor. Alguns meses tinham se passado desde que conseguimos a sua guarda provisória. A cada dia que passava, esperávamos pelo momento em que ficaria conosco permanentemente.

E, coincidentemente, hoje é o aniversário dele. Antes mesmo de o nosso dia começar, recebemos o melhor presente de todos. O presente que buscávamos havia anos, que aguardamos na esperança de nosso desejo ser realizado, de nos sentirmos como uma família completa. Não apenas Akin e eu; agora, erámos nós: eu, meu amor e nosso filho.

Enchemos os balões sem fazer barulho. Não queríamos acordá-lo e estragar a surpresa que preparamos. Além dos balões,

Akin pega um dos lança-confetes que compramos no mercadão, e seguimos para o quarto de Vitor.

Abrimos a porta com calma, tomando cuidado para não que não nos ouvisse entrando. Vitor continua dormindo. Deitado de bruços, com um leve sorriso no rosto e com os olhos tranquilos. A respiração sobe e desce devagar. Penso em abortar o plano, mas sei que ficará feliz. Ainda estamos aprendendo essa coisa de ser pais. Então, podemos cometer um errinho ou dois, não é?

Ficamos um de cada lado da cama. Eu segurava os balões, e Akin manipulava o lança-confetes, pronto para estourá-lo sobre nosso filho. Faço um sinal com os dedos e sussurro sem dizer as palavras:

Um. Dois. Três!

— Surpresaaaaaaaaaaaaaaaaaaaaaaaaaa!

Os confetes voam para todos os lados. Solto os balões sobre Vitor, e pulamos na cama, abraçando-o. Ele se assusta, mas logo começa a rir. Gargalha livremente. Bate palmas, grita e nos abraça! Diverte-se como qualquer outra criança. Diverte-se como se tivesse se esquecido do que passou, livrando-se do peso da sua história, como também me libertei do peso da minha.

Almoçamos no *shopping* de Madureira e, depois, passeamos pelo parque. Deixamos Vitor perder o tempo do pula-pula e andar de bicicleta. Ele achava que aquela era a comemoração do seu aniversário. Pensou que não tínhamos preparado uma festa, mas estava enganado.

Chegamos à quadra do jongo às quatro da tarde. Criamos uma Wakanda em toda a quadra. Havia até um *cosplay* do Pantera Negra, que estava nos aguardando. Minha sogra ficou responsável por acompanhar toda a organização do buffet que contratamos. No fim das contas, tudo saiu melhor do que esperávamos.

Akin pega Vitor no colo quando vamos cantar parabéns. As crianças da Serrinha vieram para a festa. Amigos, colegas de trabalho, familiares. Reunimos todos. Tínhamos ainda mais motivos para comemorar. Vitor cantava e batia palmas com toda sua força. Após os parabéns, abraçou-nos como se não fosse nos soltar mais. Naquele momento, era tudo o que eu queria também.

Com o passar dos anos, nossa família cresceu, e Vitor ganhou dois irmãos menores. Os gêmeos, Carolina e Joaquim, cinco anos mais novos do que nosso primogênito, chegaram para alegrar nossas vidas ainda mais.

Precisamos nos mudar para uma casa e sair do apartamento em que passamos nossos primeiros anos juntos. Tínhamos transformado esse apartamento em um lar! Também decidimos nos mudar para a Zona Oeste e ficar mais próximo do meu trabalho. Assim, se houvesse qualquer problema em casa, eu estaria próximo.

Vitor sempre foi estudioso. O último ano do Ensino Médio foi um pouco estressante. Estávamos brigando muito, porque o garoto perdia a paciência facilmente e não conseguia mais interagir conosco da forma como fazia antes. Nem com os gêmeos, que tinham uma ligação muito bonita com o irmão desde que chegaram ao nosso lar.

Um dia, eu o puxei para conversar francamente, depois de ele ter brigado com Joaquim por causa de um jogo de futebol na tv. Sempre soube que teríamos alguns embates, mas não queria ser o pai que o meu foi para mim. Queria que meus filhos tivessem segurança e confiança em mim. Que fôssemos cúmplices e amigos antes de qualquer coisa.

Vitor bate a porta do quarto, e eu o sigo. Akin estava preso na ONG e demoraria para chegar a casa. Não queria esperá-lo para conversar com nosso filho. Apesar de conversamos juntos sempre que isso era necessário, algo estava me incomodando, e vi ali uma oportunidade.

Dou duas batidas na porta e ouço Vitor me mandar embora.

Ignorando sua ordem, abro a porta do quarto. Está deitado na cama, com uma revista de concurso sobre o rosto, cobrindo o rosto do mundo externo, cobrindo seu rosto de mim, seu pai. Lembro-me de quando me escondia do mundo atrás de uma revista, de um livro, debaixo das cobertas.

— O que tá acontecendo? — pergunto, puxando a cadeira da sua escrivaninha, e me sento bem próximo dele. — Eu acho melhor você falar logo o que tá acontecendo ou você vai precisar conversar com seu pai mais tarde também.

— Pensei que já estivesse conversando com meu pai.

Reviro os olhos, impaciente.

— Você está, e pare de gracinha. Qual é o problema? Por que você anda tão estressado assim?

— Esse é o problema, não entende?

Tiro a revista do seu rosto, e ele se vira para mim. Seus olhos estão vermelhos e carregados de lágrimas, mas ele tenta permanecer forte e não deixar que caiam. Nunca me senti tão próximo a ele como neste momento em que vejo seus olhos marejados e percebo o leve tremor em suas mãos e a sua fala insegura e cheia de medo.

— Tá me dizendo que eu sou o problema? — falo com toda a calma de que disponho. Não quero parecer um vilão, e, sim, o homem em que ele pode confiar e se apoiar.

Ele nega veementemente.

— Não diz isso, por favor. É só que…

— Agora, você decidiu que não gosta de ter dois pais? Porque foi isso que pareceu.

— Não diga isso, pai.

— Então, qual é o problema? Porque, convenhamos, existe um problema. Eu sei que você sempre teve um pavio curto e nunca trouxe nada pra casa. Já perdemos a conta de quantas vezes precisamos ir à escola para conversar sobre seu comportamento.

— Sabe que nunca foi fácil, ainda mais todo mundo conhecendo você e o pai. Nunca gostei das zoações e das insinuações…

— E estão insinuando o que agora? — indago.

— Nada, não estão insinuando nada. Mas…

— Eu odeio essa sua mania de interromper as frases pela metade. — Sorrio. — Sabe que, além de seu pai, eu sou seu amigo. Pode confiar em mim.

Ele sorri e deixa uma lágrima cair.

— Eu estou apaixonado por um garoto e tenho medo de que falem besteira, de que falem que vocês me influenciaram, que abusaram de mim e essas barbaridades que já ouvimos mais de uma vez. Você sabe como as pessoas gostam de inventar, ainda mais você sendo famoso.

Meu primeiro desejo é que Akin estivesse aqui comigo para termos essa conversa. Queria que chegasse, que abraçasse Vitor e que me abraçasse também. Ele saberia o que dizer, certamente. Saberia como se portar. Porém, estamos tendo essa conversa agora, e não posso, simplesmente, levantar-me, sair andando e me apoiar, sempre, no meu esposo.

Preciso encarar a conversa.

— Você está apaixonado por um rapaz? Tudo bem. Sabe que não tem problema nenhum nisso. Mas e as meninas que você namorou, que nos apresentava e falava? Sempre imaginei que você fosse hétero. Sinceramente, nunca me passou pela cabeça que você pudesse ser *gay*.

— Eu não sou *gay*, não me vejo como *gay*. Sinto desejos por meninas também. Sempre senti pelos dois, mas eu escondia por medo. Não de vocês, não da minha sexualidade. Mas eu tinha medo do que pudesse acontecer com vocês caso descobrissem isso. Do que os jornais falariam, as igrejas, tudo de novo. Não queria vê-los sofrendo por minha causa. Não depois de vocês terem salvado minha vida. Não queria perder vocês.

Levanto-me da cadeira e me sento ao seu lado. Ele se levanta, apoia sua cabeça em meu ombro e começa a chorar.

— Foi você quem salvou nossas vidas, meu filho. Não há nada de errado com você estar gostando de um garoto. Sabe disso, não é? E sabe o que pregamos sempre. Mostre seu amor para o mundo. A única coisa que não podem condenar é o nosso amor.

— Obrigado, pai. Obrigado, de verdade!

— Seca essas lágrimas e me conta desse menino que te desestabilizou. Quem diria que o garanhão estaria caidinho por alguém, não é mesmo? Acho que isso me surpreendeu mais do que o fato de ser um garoto.

Vitor empurra meu ombro, mas volta a me abraçar.

EPÍLOGO

Akin entra em nosso quarto com uma taça de vinho tinto. Seu sorriso está o mais genuíno e o mais aberto que é possível. Seu cabelo está preso em uma trança embutida que vai até o meio das costas. Seu terno claro é composto por estampas que lembram tecidos africanos, e a blusa laranja, por dentro do blazer, faz um contraste lindo com sua pele.

Sorrio para ele, enquanto finalizo meu próprio cabelo. Há alguns anos, tenho deixado crescer para ter um corte mais moderno. Depois que me aposentei da apresentação do jornal e migrei para a área de entretenimento da emissora, posso manter minha aparência mais despojada, apesar de já estar com quarenta anos.

Hoje, o dia é de festa e de grandes comemorações. Saímos em direção ao Riocentro para a cerimônia de formatura do nosso filho mais velho. Vitor, finalmente, formou-se em Direito e está com passagem comprada para um mestrado nos Estados Unidos. Irá com o namorado, por quem se apaixonou ainda na escola.

Ninguém diria que horas intensivas de estudo poderiam despertar, nos garotos, algo mais do que uma simples amizade. E, para a felicidade dos pais babões, permanecem juntos até os dias de hoje, formando-se juntos e indo para fora do país amanhã.

— Bem que eles podiam se casar logo, não acha? — digo, pegando a taça de vinho e bebericando poucos goles.

— Seria bom demais para ser o Vitor. Sabe que ele enrola o menino.

Concordo, achando graça, mas acredito que seja o contrário. No mínimo, é uma via de mão dupla. Termino de beber o vinho e visto meu blazer azul, que combina com a cor da calça, ao passo que a blusa preta deixa meu terno em maior evidência.

Caminhamos de mãos dadas e encontramos nossa sala cheia. Minha sogra está sentada, conversando com Carolina e com seu namorado. Joaquim mexe no celular, um pouco desligado da gente. Vitor e Júlio estão em um canto, conversando com os pais do moço. Sua irmã sorri alegremente. Dividimo-nos em alguns carros e seguimos para a cerimônia de formatura. Fui convidado para ser o patrono.

Todos aplaudem quando sou chamado e se levantam. Convidados, pais e amigos estão admirados pela conquista dos jovens.

— Boa tarde, uma excelente tarde a todos. Aos tão orgulhosos pais, pela conquista dos seus filhos, incluo a mim nesse grupo já que um dos formandos é meu filho mais velho. Aos amigos que vieram dividir essa alegria, aos incríveis professores, os homenageados da noite e todos os outros. Até aqueles que se dizem chatos, mas sabemos que são tão fundamentais e importantes como os mais maneiros. — Algumas pessoas soltam risadas, e continuo. — Sobretudo, gostaria de parabenizar cada um dos estudantes. Hoje, vocês se formam, mas nunca deixarão de aprender. Que nunca percam a vontade de crescer de mente e espírito! Que continuem, constantemente, se transformando em versões melhores de vocês mesmos. Não sei a profissão que cada um escolheu; nem que caminho irá seguir dentro do seu curso, mas desejo que possam mudar a vida de todas as pessoas que passarem pelo seu caminho. Mesmo que seja uma mudança pequena. Mas que haja uma mudança.

Sou interrompido por uma sucessão de aplausos e por gritos de alguns alunos mais animados. Aproveito para beber um pouco de água antes de continuar meu discurso.

— Hoje, eu gostaria de falar sobre liberdade. Sobre como não podemos nos conformar com o que nos é imposto desde que nascemos. Sobre nossa vida e as escolhas que fazem quem nós somos de verdade. Liberdade para sermos o que quisermos, para amar quem nosso coração diz. Liberdade para mudarmos nosso mundo. Costumo dizer que a nossa liberdade só tem uma única limitação, que é o ponto em que a liberdade do outro começa. Então, se não atrapalharem a vida de ninguém, sejam livres, amem, viagem, transformem o mundo, cantem livremente e sem medo de desafinar, sem medo de estar fora do tom. Um escritor que eu gosto muito, chamado James Baldwin, diz o seguinte: "A liberdade não é uma coisa que pode ser dada a todo mundo, é algo que se busca. As pessoas são tão livres quanto querem ser". É isso que desejo a todos aqui. Que sejam livres e busquem sua liberdade, pois só sendo verdadeiramente livres é que poderão chegar aonde nem seus mais lindos sonhos ainda chegaram.

Sou recebido por salva de palmas. Todos se levantam e continuam aplaudindo-me, como se o que eu disse mudasse cada um que está no enorme auditório. Pessoas me aplaudiram até eu as perder de vista. O reitor da faculdade se aproxima de mim e me cumprimenta.

Os jovens começam a ganhar seus diplomas e vêm apertar minha mão. Alguns dizem palavras bonitas. Outros apenas choram de felicidade. Mas nada, até aquele momento, compara-se a quando meu filho se aproxima de mim. Ele deixa seu canudo cair no chão e me abraça.

Por um tempo, ficamos apenas abraçados, sem nada dizer. Sem precisar de uma palavra para expressar o que estávamos sentindo naquele momento. Depois de alguns minutos, uma fila se forma e, só então, afastamo-nos. Ele corre até Akin e nossa família, e, dali, sinto um pouquinho de inveja por não estar com eles.

Cumprimento todos da fila com as lágrimas que me consumiram, até que Júlio, meu genro, se aproxima.

— Venha cá, meu filho. Dê um abraço no seu sogro também.

Corremos para a livraria em que aconteceria o lançamento do meu novo romance. Depois de estacionar o carro, vamos em direção à livraria. Já estava atrasado para o início do bate-papo, mas meu editor garantiu que todos os leitores fossem bem tratados em minha ausência.

Akin fica ao meu lado durante a noite de autógrafos, como em todas as outras noites de autógrafos. Gosto de tê-lo presente nesses momentos. Sinto completo ao vê-lo ali, dando-me todo o apoio ao meu sonho pessoal.

Depois de uma rápida entrevista para o jornal da minha emissora, começo a autografar os livros antes de bater um papo com todos meus amigos, com meus leitores e com meus companheiros de emissora. A livraria está cheia, e alguns garçons servem diversos tipos de bebida, enquanto vou conversando, animado, sobre minha nova história.

— Próximo — grito, animado, para que o próximo leitor se aproxime de mim.

Akin aperta meu ombro e me viro para ele.

— Tudo bem, amor? — indago e só acompanho seu olhar.

— Olá, meu filho. Como você está?

— Oi, tia Mariza! Oi, primo Gustavo. Estão gostando do lançamento? — pergunto à irmã do meu falecido pai e ao meu primo.

Levanto-me para abraçar os dois, antes de autografar seus livros. Ele está de terno e carrega uma Bíblia embaixo do braço. Tornou-se pastor há pouco tempo e sempre gostou de exibir o livro.

— Comprei um exemplar do livro para mim e outro para sua prima Catarina. Ela sempre gostou de ler.

— Muito obrigado, tia. Mas não precisava. Sabe disso...

— Faço questão, meu filho. Seus pais estariam orgulhosos de você e da família que construiu. Sua mãe choraria feito boba, e seu pai, mesmo mais fechado, sentiria orgulho do homem que você se tornou.

Aquilo entra em minha mente como uma flecha. Em momento algum, pergunto-me se o que me disse seria verdadeiro. Isso não importa mais. Há anos, deixou de importar. Dou um longo abraço em minha tia e agradeço quando meu primo me abençoa. Minha mente não se transporta mais para momentos tristes. Lembro-me somente do carinho da minha mãe e a risada alegre do meu pai, dos momentos quando, ainda pequeno, andava em seu colo, quando voltávamos para nossa casa.

Esta obra foi composta em Arno Pro Light 13 para a Editora Malê e impressa na gráfica Renovagraf em São Paulo em maio de 2021.